Jacques Futrelle *Das Rätsel von Zelle 13*

Jacques Futrelle

Das Rätsel von Zelle 13

und weitere große Fälle
der Denkmaschine

Aus dem Amerikanischen
von Pociav und Roberto de Hollanda

Affholderbach & Strohmann

Die vorliegenden Geschichten erschienen erstmals zwischen 1906 und 1908 im Sunday Magazine

Erste Auflage 1987

Umschlaggestaltung: Michael Krupp
Satz: Jung SatzCentrum, Lahnau
Druck und Bindung: Wagner, Nördlingen
ISBN 3-922524-27-3

Inhalt

DAS RÄTSEL VON ZELLE 13

I

Nachdem Augustus S. F. X. van Dusen seinen ungewöhnlichen Namen erhalten hatte, erwarb er später im Verlauf einer blendenden, wissenschaftlichen Karriere praktisch alle im Alphabet übriggebliebenen Buchstaben und setzte sie, da es sich um ehrenwerte Titel handelte, ans andere Ende seines Namens. So wirkte dieser mit all dem schmückenden Beiwerk, das dazugehörte, außerordentlich imponierend. Van Dusen war Ph. D., LL. D., ein *Fellow of the Royal Society* (F. R. S.), M. D. und M. D. S. Darüberhinaus besaß er auch noch weitere Titel , die ihm verschiedene philosophische und wissenschaftliche Institutionen im Ausland in Anerkennung seiner Verdienste verliehen hatten – doch es waren so viele, daß er sie gar nicht alle behalten konnte.

Sein Äußeres stand seiner Nomenklatur in nichts nach. Er war schlank und ging mit den gebeugten, schmächtigen Schultern eines Gelehrten. An seinem glatt rasierten, blassen Gesicht war deutlich abzulesen, daß er den größten Teil seines Lebens mit einer zurückgezogenen, sitzenden Tätigkeit verbracht hatte. Seine Augen schienen auf erschreckende Weise zu blinzeln; es war das ewige Blinzeln eines Mannes, der kleine Dinge studiert. Wenn man sie hinter den dicken Gläsern überhaupt erkannte, waren die Augen bloße Schlitze von wässrigem Blau. Doch direkt über ihnen befand sich sein eigentümlichster Zug: eine riesige, hohe Stirn, fast anormal in ihrer Größe, die von einem buschigen, blonden Haarschopf gekrönt wurde. All dies wirkte zusammen und verlieh ihm ein wunderliches, fast schon groteskes Gehabe.

Professor van Dusens Vorfahren schienen deutscher Abstammung gewesen zu sein. Schon seit Generationen hatte seine Familie sich in den Wissenschaften hervorgetan und er war die logische Folge, das Meisterhirn. Zuerst und vor allem anderen war er Logiker. Mindestens fünfunddreißig Jahre des halben Jahrhunderts, das er bisher auf der Welt war, hatte er ausschließlich damit verbracht, zu beweisen, daß zwei und zwei vier macht, außer unter ganz besonderen Umständen, wo es auch schon mal drei oder fünf ergeben kann, je nach Lage der Dinge. Er ließ sich nicht von dem allgemein anerkannten Prinzip abbringen, daß aller Anfang irgendwo hinführen muß und war imstande, die geballte geistige Energie seiner Vorfahren auszuschöpfen, wenn es um die Lösung eines Problems ging. Beiläufig könnte man auch noch darauf hinweisen, daß Professor van Dusen Hutgröße Nummer acht trug.

Die Welt kannte Professor van Dusen als die Denkmaschine. Eine Zeitung hatte ihn eines Tages so genannt, nachdem er anläßlich eines Schachturniers eindrucksvoll demonstriert hatte, daß selbst ein blutiger Anfänger, allein durch die Kraft zwingender Logik, einen Meister schlagen kann, der sich sein ganzes Leben lang mit diesem Spiel der Spiele beschäftigt hat. Die Denkmaschine! Vielleicht charakterisierte ihn diese Bezeichnung treffender als alle seine Ehrentitel, denn er verbrachte Woche um

Woche, Monat um Monat in der Abgeschiedenheit seines kleinen Labors, aus dem Gedanken entsprangen, die seine wissenschaftlichen Kollegen verblüfften und die Welt an sich zutiefst aufrührten.

Es kam nur selten vor, daß die Denkmaschine Gäste empfing. Wenn, dann handelte es sich zumeist um Männer, die selber hohe wissenschaftliche Positionen innehatten und ihn aufsuchten, um über einen bestimmten Punkt zu diskutieren oder auch sich eines besseren belehren zu lassen. Zwei dieser wenigen, Dr. Charles Ransome und Alfred Fielding, wurden eines Abends vorstellig, um eine Theorie zu erörtern, die hier nicht von Bedeutung ist.

»Etwas Derartiges ist völlig unmöglich«, behauptete Dr. Ransome im Verlauf der Unterhaltung nachdrücklich.

»Nichts ist unmöglich«, erwiderte die Denkmaschine mit gleichem Nachdruck. Wie immer machte er einen etwas mürrischen Eindruck. »Der Verstand ist der Meister aller Dinge. Wenn die Wissenschaft diese Tatsache in vollem Umfange anerkennen würde, hätten wir schon einen großen Schritt nach vorn gemacht.«

»Wie steht es mit einem Luftschiff?« fragte Dr. Ransome nach.

»Ein Luftschiff ist ganz und gar nicht unmöglich«, versicherte die Denkmaschine. »Eines Tages wird man es erfinden. Ich würde es ja selber in die Hand nehmen, aber ich habe keine Zeit.«

Dr. Ransome lächelte nachsichtig. »Ähnliches haben Sie auch schon früher gesagt«, meinte er. »Aber das will nichts heißen. Mag sein, daß der Verstand der Meister der Materie ist, aber bislang hat er es noch nicht vermocht, dies zu beweisen. Es gibt Dinge, die sich nicht einfach aus der Existenz heraus *denken* lassen – oder besser gesagt, die sich durch Denken allein nicht beeinflussen lassen.«

»Was denn zum Beispiel?« fragte die Denkmaschine.

Dr. Ransome dachte einen Augenblick lang nach, während er einen Zug von seiner Zigarre nahm.

»Nun, Gefängnismauern zum Beispiel«, entgegnete er dann. »Kein Mensch kann sich aus einer Zelle hinaus*denken*. Wenn das möglich wäre, gäbe es auf der ganzen Welt keine Häftlinge mehr.«

»Er kann aber seinen Verstand und seinen Scharfsinn so gebrauchen, daß er die Zelle verlassen kann, was aufs selbe hinausläuft«, gab die Denkmaschine zurück.

Dr. Ransome lächelte belustigt.

»Gesetzt den Fall, wir haben eine Zelle, in der nur Menschen einsitzen, die zum Tode verurteilt sind – Menschen, die verzweifelt sind und irrsinnig vor Angst. Sie würden jede Gelegenheit wahrnehmen, um die Flucht zu ergreifen. Nehmen wir weiter an, Sie selbst wären in einer solchen Zelle eingesperrt. Würde Ihnen die Flucht gelingen?«

»Selbstverständlich«, erklärte die Denkmaschine.

»Sie könnten natürlich die Zelle mit Sprengstoff in die Luft jagen«, sagte Mr. Fielding, der damit zum erstenmal in die Diskussion eingriff. »Aber unter normalen Umständen hätten Sie natürlich als Häftling keinen Sprengstoff zur Verfügung.«

»Ach was, nichts von alledem«, antwortete die Denkmaschine. »Sie könnten mich genauso behandeln wie jeden anderen Häftling auch und ich würde die Zelle trotzdem verlassen.«

»Aber nur, wenn Sie sie mit präpariertem Werkzeug betreten haben«, meinte Dr. Ransome.

Die Denkmaschine wurde zusehends ärgerlicher. Die blauen Augen sprühten Funken. »Sperren Sie mich in eine x-beliebige Zelle in einem x-beliebigen Gefängnis, egal wo und zu welcher Zeit und nur mit dem nötigsten bekleidet – innerhalb einer Woche bin ich ein freier Mann«, erklärte er scharf.

Dr. Ransome richtete sich interessiert auf. Mr. Fielding zündete sich eine neue Zigarre an.

»Sie meinen, Sie könnten sich regelrecht *herausdenken*?« fragte Dr. Ransome.

»Ich würde herauskommen«, lautete die Antwort.

»Meinen Sie das ernst?«

»Selbstverständlich.«

Dr. Ransome und Mr. Fielding schwiegen eine lange Zeit.

»Würden Sie es auf einen Versuch ankommen lassen?« fragte schließlich Mr. Fielding.

»Jederzeit«, antwortete Professor van Dusen. Das Fünkchen Ironie in seiner Stimme war unverkennbar. »Ich habe schon blödere Sachen auf mich genommen, um Menschen von weit unbedeutenderen Wahrheiten zu überzeugen.«

Die Stimmung war gereizt und der Unterton verriet den aufgestauten Ärger auf beiden Seiten. Natürlich war es völlig absurd, aber Professor van Dusen unterstrich noch einmal seine Bereitschaft, die Flucht aus dem Gefängnis zu versuchen und so kam man überein.

»Und wir fangen jetzt gleich an«, sagte Dr. Ransome.

»Ich würde es vorziehen, wenn wir morgen anfingen«, wandte die Denkmaschine ein. »Ich ...«

»Nein, wenn, dann sofort«, unterbrach Mr. Fielding ihn bestimmt. »Sie werden festgenommen, rein bildlich, natürlich, und ohne jegliche Vorwarnung in eine Zelle gesperrt, sodaß Sie auch keinesfalls die Möglichkeit haben, mit irgendwelchen Freunden in Verbindung zu treten. Im Gefängnis wird Ihnen dann dieselbe Behandlung und die gleiche Aufmerksamkeit zuteil werden wie jedem anderen zum Tode verurteilten Häftling. Sind Sie einverstanden?«

»Na schön, dann eben gleich«, entgegnete die Denkmaschine und erhob sich.

»Sagen wir, die Todeszelle im Chisholmer Gefängnis?«

»Die Todeszelle im Chisholmer Gefängnis.«

»Und was werden Sie tragen?«

»So wenig wie möglich«, sagte die Denkmaschine. »Schuhe, Socken, ein Paar Hosen und ein Hemd.«

»Sie werden natürlich gestatten, daß man Sie durchsucht?«

»Ich will genauso behandelt werden, wie jeder andere auch«, erwiderte die Denkmaschine. »Weder besser noch schlechter.«

Es gab einige Vorbereitungen zu treffen, um das Experiment ausführen zu können; da es sich aber bei allen dreien um einflußreiche Männer handelte, wurden sie zur vollsten Zufriedenheit geregelt. Allerdings löste die Angelegenheit, die man telephonisch als rein wissenschaftliches Experiment erklärte, bei den Gefängnisvorstehern Verwundern aus. Professor van Dusen würde der prominenteste Häftling sein, den man hier je beherbergt hatte.

Nachdem van Dusen sich angekleidet hatte, rief er nach der kleinen alten Frau, die ihm als Haushälterin, Köchin und Hausmädchen in einer Person diente.

»Martha«, sagte er, »es ist jetzt siebenundzwanzig

Minuten nach neun. Ich verlasse das Haus. Heute in einer Woche, pünktlich um neun Uhr dreißig, werden diese beiden Herren und vielleicht noch ein oder zwei andere bei mir zu Abend speisen. Vergessen Sie bitte nicht, daß Dr. Ransome Artischocken besonders gerne ißt.«

Anschließend ließen sich die drei Männer zum Chisholmer Gefängnis fahren, wo sie der Gefängnisdirektor, der telephonisch unterrichtet worden war, bereits erwartete. Man hatte ihm lediglich mitgeteilt, daß der berühmte Professor van Dusen für eine Woche sein Gefangener sein würde – vorausgesetzt, er brächte es fertig, ihn solange festzuhalten. Er habe sich keines Verbrechens schuldig gemacht, sollte aber dennoch wie ein ganz gewöhnlicher Häftling behandelt werden.

»Durchsuchen Sie ihn«, forderte Dr. Ransome den Gefängnisdirektor auf.

So geschah es. Doch die Denkmaschine hatte nichts bei sich. Die Hosentaschen waren leer; das weiße, gestärkte Hemd besaß keine Brusttaschen. Er mußte Schuhe und Socken ausziehen und bekam sie erst wieder, nachdem sie gründlich untersucht worden waren. Als Dr. Ransome die peinliche Prozedur beobachtete und die mitleiderregende, fast kindlich anmutende Schwäche des Mannes, sein bleiches Gesicht und die dünnen weißen Hände bemerkte, hätte er seine Verstrickung in diesen Fall beinahe bereut.

»Sind Sie auch wirklich sicher, daß Sie es machen wollen?« fragte er noch einmal.

»Wären Sie überzeugt, wenn ich es nicht täte?« fragte die Denkmaschine zurück.

»Nein.«

»Nun, dann fangen wir an.« Sein Ton zerstreute jegliche Sympathie, die Dr. Ransome empfunden haben mochte. Er reizte ihn; ja er würde dieses Experiment durchführen, es wäre ein ewiger Stachel im Fleische dieses arroganten Kerls.

»Es wird ihm doch nicht gelingen, mit irgend jemandem in der Außenwelt in Verbindung zu treten?« fragte er.

»Vollkommen ausgeschlossen«, versicherte der Direktor. »Schreibutensilien, ganz gleich, welcher Art, sind hier nicht gestattet.«

»Und Ihre Aufseher, würden die eine Nachricht von ihm weiterleiten?«

»Nicht ein Wort, weder direkt noch indirekt«, beteuerte der Direktor. »Dafür lege ich meine Hand ins Feuer. Sie werden mir über alles, was er sagt oder tut, Bericht erstatten.«

»Das entspricht ganz meinen Wünschen«, sagte Mr. Fielding, der ernsthaft an dem Problem interessiert war.

»Sie wissen natürlich, daß, wenn er aufgibt und seine Freiheit zurückverlangt, Sie ihn freilassen müssen?« fragte Dr. Ransome.

»Ja, das ist mir klar«, antwortete der Direktor.

Die Denkmaschine stand daneben und hörte zu, gab jedoch kein Wort von sich, bis alles geregelt war. Dann sagte er plötzlich: »Ich hätte noch drei kleine Bitten. Sie mögen Sie mir gewähren oder nicht, ganz wie Sie wollen.«

»Keine Sonderwünsche«, warnte Mr. Fielding.

»Ich habe keine Sonderwünsche«, kam es steif zurück. »Ich hätte nur gern etwas Zahnpulver – Sie können es selber kaufen, um sicher zu gehen –, eine Fünf-Dollar- und zwei Zehn-Dollar-Noten.«

Dr. Ransome, Mr. Fielding und der Gefängnisdirektor tauschten erstaunte Blicke. Die Bitte um Zahnpulver überraschte sie nicht, aber das Geld ...?

»Gibt es hier vielleicht jemanden, den unser Freund mit fünfundzwanzig Dollar bestechen könnte?« fragte Dr. Ransome den Direktor.

»Nicht mit fünfundzwanzigtausend Dollar!« Die Antwort war eindeutig.

»Nun, dann geben Sie sie ihm«, sagte Mr. Fielding. »Ich glaube, es kann nicht schaden.«

»Und die dritte Bitte?« fragte Dr. Ransome.

»Ich würde mir gern noch mal die Schuhe polieren lassen.«

Wieder schauten sich die drei erstaunt an. Diese letzte Bitte war der Gipfel der Absurdität, aber es gab keinen Grund, sie ihm zu verweigern. Nachdem alles zur Zufriedenheit der Denkmaschine besorgt worden war, wurde er in die Zelle geführt, aus der er entkommen wollte.

»Das ist Zelle 13«, sagte der Direktor und blieb vor der dritten Tür des stählernen Korridors stehen. »Hier sitzen die zum Tode verurteilten Mörder ein. Ohne meine persönliche Erlaubnis darf keiner von ihnen die Zelle verlassen, und keiner kann mit der Außenwelt Kontakt aufnehmen. Dafür verbürge ich mich. Die Zelle liegt nur wenige Meter von meinem eigenen Büro entfernt und ich habe gute Ohren: ein ungewöhnliches Geräusch würde mir mit Sicherheit nicht entgehen.«

»Sind Sie mit der Zelle zufrieden, meine Herren?« fragte die Denkmaschine. Seine Stimme strahlte einen Hauch von Ironie aus.

»Vortrefflich«, lautete die Antwort.

Die schwere Stahltür wurde aufgeschlossen. Man hörte

das hastige Trippeln winziger Füße und dann betrat die Denkmaschine die Dunkelheit der Zelle. Anschließend wurde die Tür wieder versperrt und vom Direktor persönlich zweimal verschlossen.

»Was ist denn das für ein Geräusch da drin?« fragte Dr. Ransome und spähte durch die schweren Gitterstäbe.

»Ratten, Dutzende von Ratten«, antwortete die Denkmaschine knapp.

Die drei Männer wünschten eine gute Nacht und wandten sich gerade zum Gehen, als van Dusen rief:

»Wieviel Uhr ist es jetzt, Herr Direktor?«

»Elf Uhr siebzehn«, antwortete der Direktor.

»Danke vielmals. In genau einer Woche, um acht Uhr dreißig, werde ich Sie alle in Ihrem Büro wiedersehen, meine Herren.«

»Und wenn nicht?«

»Ein ›wenn nicht‹ ist hier völlig ausgeschlossen.«

II

Das Chisholmer Gefängnis war ein riesiges, weitläufiges Granitgebäude mit vier Stockwerken, das mitten im offenen Feld lag. Eine sechs Meter hohe Mauer aus hartem Quadergestein umgab es, die auf beiden Seiten so glatt war, daß nicht einmal ein geübter Bergsteiger sie hätte erklimmen können. Als zusätzliche Maßnahme hatte die Gefängnisleitung oben auf der Mauer noch eine Befestigung aus anderthalb Meter hohen, spitz zulaufenden Eisenstangen angebracht. Diese Befestigung markierte die absolute Trennungslinie zwischen Freiheit und Gefangenschaft, denn selbst, wenn es jemand gelingen sollte, aus seiner Zelle zu flüchten, die Mauer zu überwinden, wäre ihm unmöglich.

Der Hof, der auf allen Seiten acht Meter breit war, was der Entfernung vom Gebäude zur Mauer entsprach, diente tagsüber als eine Art Sportplatz für die Häftlinge, denen man ab und zu die Gnade eines Ausgangs gewährte. Dies galt jedoch nie für die Insassen der Zelle 13. Der Hof wurde zu jeder Tageszeit von vier Wärtern bewacht – auf jeder Seite des Gebäudes einer.

Bei Nacht war er fast genauso hell erleuchtet wie bei Tag. Auf allen Seiten gab es Scheinwerfer, die sich über die Gefängnismauern erhoben und den Wärtern klare Sicht boten. Sie erhellten auch den oberen Teil der mit Eisenpfeilern befestigten Mauer. Die zu den Scheinwerfern gehörigen Stromkabel führten auf Isolatoren an der Wand des Gefängnisgebäudes empor und von dort zu den Pfosten, auf denen die Scheinwerfer angebracht waren.

All diese Details wurden von der Denkmaschine wahrgenommen und verarbeitet. Van Dusen mußte auf das Bett steigen, um aus dem vergitterten Zellenfenster sehen zu können. Es war der Morgen nach seiner Einlieferung. Irgendwo da drüben, hinter der Gefängnismauer mußte der Fluß verlaufen, denn er konnte das leise Tuckern eines Motorbootes ausmachen und sah einen Wasservogel am Himmel kreisen. Aus der gleichen Richtung drang das Geschrei von spielenden Kindern und das gelegentliche Geräusch eines Baseballschlägers. Daher wußte er, daß zwischen der Anstalt und dem Fluß offenes Gelände lag, möglicherweise ein Spielplatz.

Das Chisholmer Gefängnis galt als absolut sicher. Keinem Menschen war es jemals gelungen, von hier auszubrechen. Von seinem Ausguck auf dem Bett konnte die

Denkmaschine einiges sehen und verstand nun plötzlich, warum dieses Gefängnis einen solchen Ruf hatte. Die Wände seiner Zelle, die seiner Einschätzung nach vor etwa zwanzig Jahren errichtet worden sein mußten, waren vollkommen stabil. Die neuen Eisengitter vor dem Fenster wiesen nicht eine Spur von Rost auf. Aber auch ohne die Gitter würde das Fenster selbst keine Fluchtmöglichkeit bieten, denn es war viel zu klein.

Obgleich der Professor all dies bemerkte, war er keineswegs entmutigt. Im Gegenteil, er studierte nachdenklich und mit zusammengekniffenen Augen den Scheinwerfer – die Sonne strahlte hell vom Himmel – und folgte mit den Augen dem Stromkabel, das von dort aus zum Gebäude führte. Dieses elektrische Kabel, so überlegte er, mußte am Gebäude nicht weit von seiner Zelle entlang verlaufen. Gut zu wissen.

Zelle 13 befand sich auf dem gleichen Stockwerk wie die Büros des Gefängnisses, das heißt, weder im Erdgeschoß noch ganz oben. Lediglich vier Treppenstufen führten zum Stockwerk des Büros, das bedeutete, daß der Fußboden seiner Zelle nicht viel mehr als ein oder zwei Meter über dem Erdboden liegen konnte. Er konnte ihn zwar direkt unter seinem Fenster nicht erkennen, sah ihn aber etwas weiter zur Mauer hin. Es wäre ein Leichtes, aus dem Fenster zu springen. Schön und gut.

Dann versuchte van Dusen sich zu erinnern, wie er zu seiner Zelle gelangt war. Zuerst war da das Häuschen des Wachtpostens draußen gewesen, das einen Teil der Mauer bildete. Dort befanden sich auch zwei schwere, vergitterte Stahltore. Hier stand zu jeder Tages- und Nachtzeit ein Wachtposten. Nach einigem Schlüsselklirren und Türenschlagen ließ er einen ins Gefängnis hinein und auch wieder hinaus, wenn er den Befehl dazu bekam. Das Büro des Direktors lag im Gefängnisgebäude selbst. Wenn man vom Hof kam und zu ihm wollte, mußte man ein Tor aus solidem Stahl passieren, das nur einen schmalen Sehschlitz besaß. Zwischen dem Büro und Zelle 13 gab es eine schwere Holztür und zwei Stahltore, die die Gefängnisgänge versperrten. Und dann war da auch noch die doppelt verschlossene Zellentür...

Alles in allem machte das also sieben Türen, die es zu überwinden galt, ehe man als freier Mann die Außenwelt betreten konnte. Andererseits war es geradezu auffällig, wie wenig er hier gestört wurde. Gegen sechs Uhr morgens erschien einer der Wärter an seiner Zellentür und brachte ihm das kärgliche Gefängnisfrühstück. Dann kam er erst mittags und zum letztenmal gegen sechs Uhr abends mit dem Abendessen wieder. Gegen neun erfolgte die tägliche Zelleninspektion. Das war alles.

»Vortreffliches Bewachungssystem«, dachte die Denkmaschine anerkennend und zollte damit der Gefängnisleitung seine geistige Hochachtung. »Muß es mal genauer unter die Lupe nehmen, wenn ich hier erst wieder raus bin. Wußte gar nicht, daß man sich in den Gefängnissen soviel Mühe gibt.«

In seiner Zelle gab es nichts, absolut nichts, bis auf eine Eisenpritsche, die so fest zusammengefügt war, daß kein Mensch sie ohne fremde Hilfe auseinandernehmen konnte – es sei denn, er verfügte über einen Vorschlaghammer oder eine Feile. Aber er besaß weder das eine noch das andere. Es gab nicht einmal einen Stuhl, einen kleinen Tisch, Ton- oder Blechgeschirr. Nichts! Der Gefängniswärter blieb neben ihm stehen, solange er aß und nahm anschließend Holzschale und Holzlöffel, die er benutzt hatte, wieder an sich.

All diese Details prägte sich die Denkmaschine eins nach dem anderen ein. Als auch die letzte Möglichkeit in Betracht gezogen war, begann er mit einer gründlichen Inspektion seiner Zelle. Er fing bei der Decke an und tastete die Wände bis zum Boden ab, jeden Stein, jede Ritze mit Mörtel dazwischen. Immer wieder stampfte er sorgfältig über den Boden, aber der bestand aus Zement und war äußerst solide. Nachdem er seine Untersuchung abgeschlossen hatte, setzte er sich auf die Kante der Eisenpritsche und verlor sich in Gedanken. Jetzt hatte Professor S. F. X. van Dusen, die Denkmaschine, tatsächlich etwas, über das er nachdenken konnte.

Doch da wurde er plötzlich von einer Ratte gestört, die ihm über den Fuß lief und sich dann, offensichtlich von ihrer eigenen Courage überwältigt, in eine dunkle Ecke der Zelle verkroch. Nach einer Weile, in der die Denkmaschine beharrlich mit zusammengekniffenen Augen in die Dunkelheit gestarrt hatte, wo die Ratte verschwunden war, machte er mehrere, kleine, glasige Augenpaare aus, die ihn zu beobachten schienen. Er zählte sechs Paare, aber höchstwahrscheinlich gab es noch mehr – seine Augen waren nicht mehr die besten.

Zufällig streifte er in diesem Moment die Unterkante seiner Zellentür. Er bemerkte einen fünf Zentimeter breiten Schlitz zwischen Stahlkante und Erdboden. Und während die Denkmaschine noch wie gebannt diesen Schlitz im Auge behielt, machte er plötzlich einen Satz in die finstere Ecke, in der er die Rattenaugen beobachtet hatte. Er hörte ein hastiges Hin und Her von kleinen Füßen, mehrere Quieker der erschreckten Nager und dann war es still.

Nicht eine der Ratten war unter der Tür verschwunden und trotzdem war die Zelle leer. Es mußte also einen anderen Weg aus der Zelle geben, egal wie klein er auch sein mochte. Auf Händen und Knien machte sich die Denkmaschine daran, diesen Ausgang zu suchen, indem er mit langen, schmalen Fingern in der Dunkelheit herumtastete.

Schließlich wurde seine Sorgfalt belohnt. Er stieß auf eine winzige Öffnung zwischen Erdboden und Wand, ein kreisrundes Loch, nicht viel größer als ein Silberdollar. Diesen Weg hatten die Ratten also genommen. Er fuhr mit den Fingern tief in die Öffnung hinein; es schien ein unbenutztes Abflußrohr oder so etwas ähnliches zu sein und war trocken und verstaubt.

Nachdem er der Sache auf den Grund gegangen war, setzte er sich wieder auf sein Bett und grübelte eine volle Stunde nach. Dann stellte er sich an das kleine Zellenfenster und untersuchte seine Umgebung von neuem. Einer der Wachtposten draußen im Hof war genau gegenüber von Zelle 13 postiert und sah zufälligerweise gerade hoch, als der Kopf der Denkmaschine am Zellenfenster erschien. Doch der Wissenschaftler bemerkte ihn nicht.

Es wurde Mittag und der Wärter brachte ihm die widerlich dürftige Gefängniskost. Zu Hause aß die Denkmaschine nur das Notwendigste; hier akzeptierte er ohne mit der Wimper zu zucken alles, was man ihm vorsetzte. Hin und wieder tauschte er ein paar Worte mit dem Wärter aus, der draußen vor der Tür stehengeblieben war und ihm beim Essen zuschaute.

»Hat es hier eigentlich in letzter Zeit irgendwelche Erneuerungen gegeben?« erkundigte er sich.

»Nichts Besonderes«, antwortete der Wärter. »Vor vier Jahren haben sie eine neue Mauer gebaut.«

»Ist irgend etwas am Gebäude getan worden?«

»Das Holzwerk draußen ist gestrichen worden und neue Rohrleitungen wurden verlegt, das muß jetzt sieben Jahre her sein, ja.«

»Ah!« sagte der Gefangene. »Wie weit ist es eigentlich bis zum Fluß?«

»Hundert Meter ungefähr. Die Jungs haben da einen Sportplatz zwischen Gefängnismauer und Fluß, wo sie Baseball spielen.«

Im Moment hatte die Denkmaschine nichts weiter zu sagen, doch als der Wärter im Gehen begriffen war, bat er ihn um etwas Wasser.

»Ich habe hier immer einen solchen Durst«, erklärte er. »Ob Sie mir wohl eine Schale mit Wasser dalassen könnten?«

»Da muß ich erst den Direktor fragen«, antwortete der Wärter und verschwand.

Nach einer halben Stunde erschien er tatsächlich mit einer Schale Wasser.

»Der Direktor sagt, Sie können die Schale behalten«, beschied er den Gefangenen. »Aber Sie müssen sie mir jederzeit zeigen, wenn ich danach frage. Wenn sie kaputt geht, war es die letzte.«

»Danke vielmals. Ich werde sie nicht kaputt machen«, versicherte die Denkmaschine.

Der Wärter ging seinen Pflichten nach. Für den Bruchteil einer Sekunde schien es so, als wollte die Denkmaschine noch eine Frage stellen, tat es dann aber doch nicht.

Zwei Stunden später, als der gleiche Wärter an Zelle 13 vorbeikam, hörte er ein ungewohntes Geräusch und blieb stehen. Die Denkmaschine kauerte auf allen vieren in einer Ecke der Zelle. Ängstliche Quieker ertönten aus dieser Richtung. Der Wärter beobachtete das alles mit großem Interesse.

»Ahhh, hab ich dich«, hörte er den Gefangenen frohlocken.

»Haben Sie was?« fragte er scharf.

»Eine von diesen Ratten«, antwortete van Dusen. »Sehen Sie?« Er hob den Arm und der Wärter sah eine kleine graue Ratte zwischen den langen Fingern des Wissenschaftlers zappeln. Er brachte sie nah ans Licht und schaute sie sich genauer an. »Es ist eine Wasserratte«, bemerkte er.

»Haben Sie nichts Besseres zu tun, als Ratten zu jagen?« fragte der Wärter.

»Schlimm genug, daß sie überhaupt hier sind«, sagte der Gefangene gereizt. »Nehmen Sie die hier mit und töten Sie sie. Es gibt hier noch jede Menge mehr davon.«

Der Wärter packte das zu Tode erschreckte, zappelnde Tier und schleuderte es heftig zu Boden. Es quiekte noch einmal auf und verstummte dann. Später meldete er den Vorfall dem Direktor, doch der lächelte nur.

Am selben Nachmittag schaute der bewaffnete Wachtposten, der gegenüber von Zelle 13 im Hof postiert war, wieder zum Fenster empor und sah, wie der Gefangene hinausstarrte. Plötzlich schob sich seine Hand durch die Gitterstäbe und dann flatterte etwas Weißes zu Boden, genau unter seinem Zellenfenster. Es war ein kleiner Leinenfetzen, offenbar ein Stück von einem weißen Oberhemd, das zusammengerollt und mit einer Fünfdollarnote umwickelt worden war. Als der Wärter wieder zum Fenster emporschaute, war das Gesicht verschwunden.

Mit einem grimmigen Lächeln hob er das Päckchen auf und brachte es zum Büro des Direktors. Dort entzifferten sie gemeinsam eine mit merkwürdiger Tinte geschriebene und leicht verwischte Nachricht. Außen stand:

»Finder! Bitte bringen Sie dies zu Dr. Ransome.«

»Aha!« rief der Direktor und kicherte in sich hinein. »Fluchtplan Nummer eins ist fehlgeschlagen.« Doch dann fiel ihm ein, daß van Dusen den Fetzen an Dr. Ransome adressiert hatte. Wozu das?

»Und woher hat er Feder und Tinte zum Schreiben?« fragte der Wärter.

Der Direktor schaute den Wärter an und der Wärter den Direktor. Für dieses Geheimnis gab es absolut keine plausible Erklärung. Schließlich studierte der Direktor das Päckchen sorgfältig und schüttelte dann den Kopf.

»Nun, dann wollen wir mal sehen, was er Dr. Ransome mitzuteilen hat«, sagte er, noch immer verdutzt, und rollte den Leinenfetzen auseinander.

»Na, wenn das ... was ... was sagen Sie dazu?« fragte er verwirrt.

Der Wärter nahm das Tuch und las:

»neh hcsiw'tne t'hcin hci e d'rewtrae seidf. U. A.«

III

Der Direktor zerbrach sich eine geschlagene Stunde lang den Kopf darüber, um welchen Geheimkode es sich wohl handeln könnte und versuchte eine weitere halbe Stunde, herauszufinden, warum sein Gefangener versuchte ausgerechnet mit Dr. Ransome, der doch der Grund für seine Anwesenheit hier im Gefängnis war, Verbindung aufzunehmen. Anschließend widmete er sich der komplizierten Frage, woher der Häftling die Schreibutensilien bekommen hatte und um was genau es sich dabei gehandelt haben mochte. Mit dem festen Vorsatz, Licht in die Sache zu bringen, nahm er erneut das Leinenstück unter die Lupe. Es handelte sich um den Fetzen eines weißen Oberhemdes mit ausgefransten Rändern.

Die Herkunft des Tuches war einleuchtend, doch das, womit der Gefangene geschrieben hatte, war eine andere Sache. Der Direktor wußte, daß er weder Füller noch Bleistift bei sich haben konnte und abgesehen davon war weder das eine noch das andere für dieses Schreiben benutzt worden. Was denn dann? Der Direktor beschloß, selber nach dem Rechten zu sehen. Die Denkmaschine war sein Häftling; er hatte den Befehl, seine Häftlinge in sicherem Gewahrsam zu halten, und wenn dieser hier meinte, ausbrechen zu können, indem er irgendwelchen Menschen verschlüsselte Nachrichten zukommen ließ, dann würde er dies unterbinden, so wie er es bei jedem anderen Gefangenen auch getan hätte.

Der Direktor machte sich auf den Weg zu Zelle 13, wo er die Denkmaschine auf allen vieren auf dem Boden herumkriechend antraf. Er tat allerdings nichts Schlimmeres als Ratten zu jagen. Als der Gefangene die Schritte des Direktors hörte, drehte er sich schnell zu ihm um.

»Es ist schrecklich«, fuhr er ihn an. »Diese Ratten! Hier wimmelt es nur so von Ratten!«

»Andere sind auch mit ihnen fertig geworden. Hier haben Sie ein frisches Hemd – geben Sie mir bitte das, was Sie gerade anhaben.«

»Wieso?« fragte die Denkmaschine schnell. Die Stimme klang alles andere als natürlich; seine ganze Art ließ auf eine momentane Verwirrung schließen.

»Sie haben versucht, mit Dr. Ransome Verbindung aufzunehmen«, sagte der Direktor streng. »Da Sie mein Gefangener sind, ist es meine Pflicht, dies zu unterbinden.«

Die Denkmaschine schwieg einen Augenblick lang. »Na schön«, sagte er schließlich. »Dann tun Sie Ihre Pflicht.«

Der Direktor lächelte verdrossen. Der Gefangene erhob sich vom Boden, zog sein weißes Hemd aus und tauschte es gegen das gestreifte Häftlingshemd ein, das der Direktor mitgebracht hatte. Dieser griff eifrig nach dem weißen Hemd und verglich auf der Stelle die Tuchfetzen, auf die die verschlüsselte Nachricht geschrieben worden war, mit bestimmten, ausgerissenen Stellen im Hemd des Gefangenen. Die Denkmaschine beobachtete das Ganze neugierig.

»Der Wachtposten hat es also *Ihnen* gebracht?« fragte er.

»Und ob er es mir gebracht hat«, antwortete der Direktor triumphierend. «Damit dürfte Ihr erster Fluchtversuch gescheitert sein.«

Die Denkmaschine beobachtete, wie der Direktor Tuchfetzen und ausgerissene Stellen im Hemd verglich und zu seiner Befriedigung feststellte, daß nur zwei Fetzen herausgerissen waren.

»Womit haben Sie das geschrieben?« wollte der Direktor wissen.

»Das herauszufinden ist wohl Ihre Aufgabe, würde ich meinen«, antwortete die Denkmaschine gereizt.

Der Direktor ließ sich zu einigen unschönen Bemerkungen hinreißen, nahm sich aber schnell wieder zusammen und rächte sich mit einer peinlich genauen Durchsuchung der Zelle und des Häftlings. Seine Bemühungen waren jedoch umsonst; er fand nichts, nicht einmal ein Streichholz oder einen Zahnstocher, die als Bleistift hätten dienen können. Großes Rätselraten auch, was die Flüssigkeit anging, mit der die geheimnisvolle Nachricht geschrieben worden war. So verließ der Direktor die Zelle sichtlich verärgert, nahm aber das weiße Hemd wie eine Trophäe mit.

»Na ja, eine verschlüsselte Botschaft auf einem Fetzen Tuch wird ihn kaum aus dem Gefängnis herausbringen, das steht jedenfalls fest«, tröstete er sich. Dann warf er die beiden Tuchfetzen und den Fünfdollarschein in seine Schublade, um die weitere Entwicklung abzuwarten. »Wenn dieser Kerl es schafft, hier auszubrechen ... dann ... Himmelkruzitürken ... dann nehme ich meinen Hut!«

Am dritten Tag seiner Haft unternahm die Denkmaschine den offenen Versuch, sich seine Freiheit durch Bestechung zu erkaufen. Der Wachtposten hatte ihm das Abendessen gebracht und wartete, lässig an die Eisentür gelehnt, darauf, daß er fertig wurde, als die Denkmaschine ihn in ein Gespräch verwickelte. »Führen die Abflußrohre des Gefängnisses eigentlich direkt zum Fluß?«

»Ja«, sagte der Wachtposten.

»Aber sie sind bestimmt ziemlich klein, wie?«

»Zu klein, um durchzukriechen, wenn Sie das meinen«, antwortete der andere grinsend.

Daraufhin sagte keiner von beiden etwas, bis die Denkmaschine die Mahlzeit beendet hatte.

Dann: »Sie wissen, daß ich kein Verbrecher bin?«

»Ja.«

»Und daß ich das volle Recht habe, freigelassen zu werden, wenn ich es verlange?«

»Ja.«

»Nun, ich bin hergekommen mit der festen Überzeugung, daß mir die Flucht gelingen würde«, sagte der Gefangene und studierte mit blinzelnden Augen das Gesicht des Wärters.

»Wären Sie einer finanziellen Belohnung dafür, daß Sie mir zur Flucht verhelfen, abgeneigt?«

Der Wärter, der zufälligerweise ein ehrlicher Mensch war, schaute sich die schmale, schwächliche Gestalt des Häftlings und seine hohe Stirn mit dem buschigen, blonden Haarschopf darüber an und fühlte beinahe so etwas wie Mitleid. »Ich glaube, Gefängnisse wie dieses hier wurden nicht dafür gebaut, daß Männer Ihres Schlages daraus entfliehen können«, sagte er schließlich.

»Aber würden Sie mir denn dabei behilflich sein?« Der Häftling ließ nicht locker, flehte ihn beinahe an.

»Nein«, sagte der Wärter knapp.

»Fünfhundert Dollar«, drängte die Denkmaschine. »Ich bin kein Verbrecher.«

»Nein«, wiederholte der Wärter.

»Tausend Dollar?«

»Nein«, sagte der Wärter bestimmt und machte sich dann schnell davon, um einer möglichen Verführung aus dem Weg zu gehen. Doch auf halbem Weg drehte er sich noch einmal um. »Auch wenn Sie mir zehntausend Dollar bieten würden – ich könnte Ihnen gar nicht helfen. Sie müßten durch sieben Türen und ich habe nur Schlüssel für zwei.«

Dann ging er zum Direktor und erstattete ihm Bericht.

»Plan Nummer zwei ist also ebenfalls fehlgeschlagen«, frohlockte der Direktor und lächelte ingrimmig. »Zuerst eine verschlüsselte Botschaft und jetzt Bestechung.«

Als der Wächter gegen sechs Uhr wieder an Zelle 13 vorbeikam, um der Denkmaschine das Abendessen zu bringen, hörte er plötzlich ein unmißverständliches Geräusch: das Kratzen von Stahl auf Stahl. Sobald Schritte auf dem Gang zu vernehmen waren, hörte es auf. Der Wärter war noch außerhalb der Sichtweite des Gefangenen und tat so, als würde er sich wieder von der Zelle 13 entfernen. Er stampfte, zuerst laut, dann immer leiser mit den Füßen auf, trat aber in Wirklichkeit auf der Stelle.

Nach einer Weile setzte das gleichmäßige Kratzen wieder ein. Der Wärter schlich sich auf Zehenspitzen zur Zellentür und warf einen Blick durch die Gitterstäbe. Er sah, wie die Denkmaschine auf dem Bett stand und sich an der Vergitterung des kleinen Fensters zu schaffen machte. Dem stetigen Vor und Zurück seines Armes nach zu urteilen, mußte es eine Feile sein, die er benutzte.

Vorsichtig stahl sich der Wärter wieder zurück zum Büro und unterrichtete den Direktor. Dann kehrten beide auf Zehenspitzen zur Zelle 13 zurück. Der Direktor lauschte eine Weile, um sich zu vergewissern, daß der andere recht gehabt hatte, und tauchte dann urplötzlich vor der Zellentür auf.

»Nun?« fragte er lächelnd.

Die Denkmaschine warf einen hastigen Blick über die Schulter, sprang auf den Boden und versuchte mit hektischen Bewegungen, etwas zu verstecken. Der Direktor betrat die Zelle und streckte die Hand aus.

»Geben Sie es mir«, befahl er.

»Nein«, widersprach der Gefangene scharf.

»Na los, geben Sie schon her«, wiederholte der Direktor ungeduldig. »Ich will Sie nicht noch einmal durchsuchen lassen müssen.«

»Nein«, beharrte der Gefangene.

»Was ist es, eine Feile?« fragte der Direktor.

Die Denkmaschine schwieg und warf dem Direktor einen blinzelnden Blick zu, der beinahe Enttäuschung verriet – beinahe, aber nicht ganz. Der Direktor empfand Mitleid.

»Fluchtplan Nummer drei wäre damit also auch gescheitert. Schade, wie?«

Der Gefangene schwieg.

»Durchsuchen Sie ihn«, wies der Direktor den Wärter an.

Dieser durchsuchte den Häftling nach allen Regeln der Kunst. Schließlich fand er, sorgfältig im Hosenbund versteckt, ein etwa fünf Zentimeter langes Stück Stahl, das wie ein Halbmond gekrümmt war.

»Aha«, sagte der Direktor, als der Wärter es ihm reichte. »Stammt aus Ihrem Schuhabsatz, wie?« Und er lächelte zufrieden. Der Wärter setzte seine Durchsuchung fort und fand auf der anderen Seite des Hosenbunds ein zweites, identisches Stück Stahl. Die abgewetzten Kanten verrieten, daß der Häftling es gebraucht hatte, um die Gitterstäbe vor dem Fenster zu bearbeiten.

»Aber hören Sie, die Eisengitter bringen Sie doch mit diesem Ding nicht auf«, sagte der Direktor.

»Ich hätte es geschafft«, antwortete die Denkmaschine mit Bestimmtheit.

»In sechs Monaten vielleicht«, sagte der Direktor gutmütig.

Langsam schüttelte er den Kopf, während er das leicht errötete Gesicht des Gefangenen beobachtete.

»Geben Sie es jetzt auf?« fragte er.

»Ich habe noch nicht mal richtig angefangen«, kam prompt die Antwort.

Es folgte eine weitere, gründliche Durchsuchung der Zelle. Die beiden Männer gingen peinlich genau vor und ließen auch das Bett nicht aus, das sie völlig auf den Kopf stellten. Nichts. Schließlich stieg der Direktor höchstpersönlich auf die Pritsche und inspizierte die Eisengitter, an denen der Häftling gefeilt hatte. Der Anblick belustigte ihn.

»Sie sind etwas heller geworden, da wo Sie gekratzt haben«, meinte er zu seinem Schützling gewandt, der stumm daneben stand und einen mutlosen Eindruck machte. Der Direktor packte mit starker Hand die Eisenstäbe und rüttelte an ihnen. Sie waren bombenfest in dem starken Granitgestein verankert. Er nahm sich jeden einzeln vor und überzeugte sich, daß er festsaß. Schließlich sprang er vom Bett herunter.

»Geben Sie es auf, Professor«, riet er.

Doch die Denkmaschine schüttelte nur den Kopf und die beiden Männer schlugen die Tür hinter sich zu. Während sie am Ende des Korridors verschwanden, ließ die Denkmaschine sich auf die Bettkante fallen und stützte den Kopf in die Hände.

»Es ist verrückt, aus dieser Zelle ausbrechen zu wollen«, sagte der Direktor. »Aber er ist schlau. Ich würde nur zu gerne wissen, womit er diese Botschaft geschrieben hat.«

Es war vier Uhr morgens, als ein markerschütternder, ohrenbetäubender Schrei durch das weitläufige Gefängnis hallte. Offensichtlich kam er aus einer Zelle irgendwo in der Mitte. Grauen, Todesangst, schreckliche Furcht schwang in ihm mit. Als der Direktor das hörte, stürmte er mit drei seiner Männer den Korridor entlang, der zu Zelle 13 führte.

IV

Während sie noch liefen, erklang der schreckliche Schrei von neuem und verebbte in einem erbärmlichen Wimmern. Überall erschienen die bleichen Gesichter der Gefangenen hinter den Zellentüren und starrten entsetzt und ängstlich nach draußen.

»Es ist der Verrückte in Zelle 13«, schnaufte der Direktor.

Vor der Zelle blieb er stehen und starrte hinein, während einer der Wächter mit einer Blendlaterne in die Dunkelheit leuchtete.

Der »Verrückte in Zelle 13« lag seelenruhig auf seiner Pritsche und schnarchte mit offenem Mund. Und während sie noch ungläubig hinschauten, erklang der grausige Schrei zum drittenmal. Er kam von irgendwoher weiter oben. Das Gesicht des Direktors war schreckensbleich, als er die Treppe hinaufhastete. In Zelle 43, die genau über Zelle 13, jedoch zwei Stockwerke höher lag, fand er einen in einer Ecke kauernden Gefangenen vor, der sich furchtsam umschaute.

»Was ist los?« fragte der Direktor.

»Gott sei Dank, daß Sie gekommen sind«, rief der Gefangene und warf sich gegen die vergitterte Zellentür.

»Aber was ist es denn?« wiederholte der Direktor.

Er schloß die Zellentür auf und trat ein. Der Häftling fiel auf die Knie und umklammerte die Beine des Direktors. Sein Antlitz war totenblaß, die Augen aufgerissen und er zitterte am ganzen Leib. Seine eiskalten Hände tasteten nach denen des Direktors.

»Holen Sie mich aus dieser Zelle heraus, ich bitte Sie, ich will hier raus!« flehte er.

»Aber warum zum ... was ist denn hier eigentlich los?« fuhr der Direktor ihn ungeduldig an.

»Ich habe etwas gehört ... etwas ...«, stammelte der Gefangene und ließ den Blick nervös durch die Zelle streifen.

»Was hast du gehört?«

»Ich ... ich kann es Ihnen nicht sagen«, stotterte der Häftling. Dann, in einem neuerlichen Anfall von Schrekken: »Holen Sie mich hier raus ... egal, wohin ... ich muß hier raus!«

Der Direktor und die Wächter schauten sich ratlos an.

»Wer ist dieser Kerl? Was wird ihm zur Last gelegt?« fragte der Direktor.

»Joseph Ballard, Sir«, antwortete einer der Wächter. »Es heißt, er hätte einer Frau Säure ins Gesicht geworfen. Sie ist daran gestorben.«

»Aber sie können es nicht beweisen«, stieß der Gefangene hervor. »Sie können es nicht beweisen. Bitte, sperren Sie mich in eine andere Zelle.«

Er hielt noch immer die Beine des Direktors umklammert, der sich jetzt mit einem unsanften Ruck von ihm befreite. Dann betrachtete er einen Augenblick lang diese zu Tode erschrockene Kreatur, die zu seinen Füßen kauerte und von sämtlichen wilden, unerklärlichen und grausigen Phantasien eines Kindes besessen schien.

»Jetzt hör mal zu, Ballard«, sagte er schließlich. »Wenn du etwas gehört hast, dann will ich wissen, was es war. Also raus mit der Sprache.«

»Ich kann nicht, ich kann einfach nicht...«, schluchzte der Mann.

»Woher kam es?«

»Ich weiß nicht. Von überall und nirgends... plötzlich war es einfach da.«

»Was war es denn, eine Stimme?«

»Bitte zwingen Sie mich nicht, zu antworten«, flehte der Gefangene.

»Sie müssen antworten«, befahl der Direktor schroff.

»Es war eine Stimme, aber... aber... sie war nicht... menschlich«, kam die stockende Antwort.

»Eine Stimme, aber sie war nicht menschlich?« wiederholte der Direktor verdutzt.

»Sie klang gedämpft... weit weg... unheimlich...«, erklärte der Mann.

»Kam sie aus dem Inneren des Gefängnisses oder von draußen?«

»Sie schien nirgendwoher zu kommen... sie war einfach da, hier, sie war überall. Ich hab sie gehört. Ich hab sie gehört.«

Eine Stunde lang versuchte der Direktor, der Sache auf den Grund zu gehen, aber Ballard wurde plötzlich wieder halsstarrig und weigerte sich, noch irgend etwas zu sagen. Er bat nur immer wieder darum, in eine andere Zelle verlegt zu werden oder wenigstens, bis Anbruch des Tages von einem Wärter beschützt zu werden. Doch dies wurde barsch abgelehnt. »Und jetzt hör mir gut zu«, sagte am Ende der Direktor. »Wenn du weiterhin verrückt spielen willst, sperre ich dich in eine Gummizelle.«

Damit ging er seines Weges, ein erbärmlich verwirrter Mann. Ballard blieb neben seiner Zellentür sitzen, bis der Tag anbrach. Das Gesicht war verzerrt und bleich vor Angst. Er presste sich gegen die Gitterstäbe und starrte mit weit aufgerissenen, glanzlosen Augen nach draußen.

Dieser Tag, der vierte seit seiner Einlieferung, brachte beträchtliche Abwechslung durch den freiwilligen Häftling. Die meiste Zeit verbrachte er an dem kleinen Fenster seiner Zelle. Dort setzte er seine Operation fort, indem er dem Wachtposten unten im Hof ein weiteres Stück Tuch zuwarf, der es pflichtbewußt aufhob und dem Direktor überbrachte.

»Nur noch drei Tage« stand darauf.

Der Direktor war keineswegs überrascht. Er folgerte, daß der Gefangene schon die Tage zählte, bis er wieder frei war und betrachtete die Nachricht als reine Prahlerei. Nur – wie hatte er das Ding geschrieben? Woher hatte der Kerl plötzlich ein neues Tuch? Woher? Wie? Er untersuchte das Stück Leinen von allen Seiten. Es war weiß, feines Gewebe, Hemdenstoff. Er holte das konfiszierte Hemd der Denkmaschine aus seiner Schreibtischschublade und verglich die beiden ersten Tuchfetzen mit den ausgerissenen Stellen. Dieser dritte Tuchfetzen war vollkommen überzählig; er paßte nirgends hin und bestand doch zweifellos aus demselben Material.

»Und woher, Himmelnochmal, hat er was zum Schreiben?« fragte er ins Leere.

Gegen Mittag zog die Denkmaschine den bewaffneten Posten unten im Hof in ein Gespräch.

»Den wievielten haben wir heute?« fragte er.

»Den fünfzehnten«, antwortete der Wachtposten.

Die Denkmaschine vollzog in Sekundenschnelle eine

geradezu astronomische Berechnung im Kopf und stellte zufrieden fest, daß der Mond heute abend erst nach neun Uhr aufgehen würde. Dann fragte er weiter: »Wer wartet eigentlich die Scheinwerfer da draußen?«

»Ach, irgendeine Firma.«

»Haben Sie denn keine Elektriker in der Anstalt?«

»Nein.«

»Ich nehme an, daß den Direktor das Ganze billiger käme, wenn er seine eigenen Leute hätte.«

»Ist nicht mein Bier«, antwortete der Wachtposten.

An diesem Tag bemerkte er die Denkmaschine noch öfter am Zellenfenster. Das Gesicht schien jedesmal teilnahmslos, doch hinter den dicken Brillengläsern glaubte er eine gewisse Versonnenheit in den blinzelnden Augen zu erkennen. Nach einer Weile hatte er sich an den Anblick der blonden Löwenmähne gewöhnt. Er hatte schon viele Gefangene den ganzen Tag am Fenster stehen sehen – das war die Sehnsucht nach der Welt da draußen.

Am Nachmittag, kurz ehe der Wachtposten abgelöst wurde, erschien der buschige Haarschopf wieder am Fenster. Der Gefangene hielt etwas in der Hand, das er durch die Eisenstäbe schob und zu Boden flattern ließ. Es war ein Fünfdollarschein.

»Das ist für Sie«, rief er.

Wie gewöhnlich brachte der Wachtposten ihn dem Direktor. Diesem schien alles, was aus Zelle 13 kam, ein Dorn im Auge zu sein. Er schaute sich den Schein genauestens an.

»Er hat gesagt, er wäre für mich«, erklärte der Wächter.

»Soll wohl eine Art Trinkgeld sein, schätze ich«, stellte der Direktor fest. »Ich sehe keinen Grund, warum Sie darauf verzichten ...«

Plötzlich hielt er inne. Es war ihm wieder eingefallen, daß die Denkmaschine mit einem Fünf- und zwei Zehndollarscheinen die Zelle betreten hatte, insgesamt also fünfundzwanzig Dollar. Ein Fünfdollarschein war um das erste Leinentuch gewickelt gewesen. Er hatte ihn noch in der Schublade. Um sich zu vergewissern, nahm er ihn heraus und betrachtete ihn nachdenklich. Es war tatsächlich ein Fünfdollarschein, aber hier waren noch mal fünf Dollar und dabei dürfte die Denkmaschine eigentlich nur noch Zehndollarscheine übrig haben.

»Vielleicht hat ihm jemand einen Schein gewechselt«, tröstete er sich mit einem Seufzer der Erleichterung.

Doch dann faßte er einen Entschluß. Er würde Zelle 13 so durchsuchen lassen, wie noch nichts auf der Welt durchsucht worden war. Er würde das Unterste zuoberst kehren. Wenn jemand nach Belieben Nachrichten schreiben, Geld wechseln und andere, völlig unerklärliche Dinge tun konnte, obwohl er in der Zelle eingesperrt war, dann mußte in diesem Geängnis doch etwas faul sein. Er nahm sich vor, der Zelle 13 in der kommenden Nacht einen kleinen Besuch abzustatten – so gegen drei Uhr morgens, das wäre genau die richtige Zeit. Irgendwann mußte die Denkmaschine ja all die unerklärlichen Dinge durchführen und die Nacht schien für seine obskuren Machenschaften wie geschaffen zu sein.

So geschah es, daß sich der Direktor mitten in der Nacht verstohlen zur Zelle 13 schlich. Vor der Tür blieb er stehen und lauschte. Außer dem gleichmäßigen, stetigen Atmen des Gefangenen war nichts zu hören. Nicht das kleinste Klicken verriet ihn, als der Direktor jetzt leise den Schlüssel im Schloß umdrehte, die Zelle betrat und die Tür wieder hinter sich zuschnappen ließ. Mit einemmal leuchtete er dem Häftling mit seiner Blendlaterne ins Gesicht.

Wenn er die Absicht gehabt haben sollte, die Denkmaschine zu erschrecken, so hatte er sich getäuscht, denn diese öffnete seelenruhig die Augen, griff nach seinen Gläsern und fragte vollkommen sachlich: »Wer ist da?«

Es wäre müßig, die Durchsuchung beschreiben zu wollen, die der Direktor jetzt durchführte. Sie war umfassend. Nicht ein Zentimeter der Zelle oder ihres Mobiliars wurde übersehen. Der Direktor fand auch das runde Loch und faßte mit seinen dicken Fingern erwartungsvoll hinein. Nachdem er eine Weile herumgefummelt hatte, zog er etwas Weiches, Undefinierbares heraus und betrachtete es im Licht der Laterne.

Es war eine Ratte – eine tote Ratte. Seine Erwartung löste sich auf wie Nebel in der Sonne. Aber er ließ sich nicht entmutigen. Die Denkmaschine stand ohne ein Wort auf und beförderte die tote Ratte mit einem Fußtritt durch die Zellentür auf den Gang.

Mittlerweile war der Direktor auf das Bett gestiegen und überprüfte die Gitterstäbe vor dem Fenster. Sie saßen genauso fest wie vorher und auch die Vergitterung der Tür war in Ordnung.

Schließlich durchsuchte er höchstpersönlich die Kleidungsstücke des Gefangenen. Er fing mit den Schuhen an. Nichts. Der Hosenbund. Auch nichts. Die Hosentaschen. Ahh, in der einen fand er ein paar Geldscheine, die er untersuchte.

»Fünf Eindollarscheine!« entfuhr es ihm.

»Stimmt«, bemerkte der Gefangene ruhig.

»Aber der ... Sie hatten zwei Zehn- und einen Fünfdollarschein ... wie zum ... wie machen Sie das?«

»Das ist doch wohl meine Angelegenheit«, antwortete die Denkmaschine.

»Hat einer meiner Männer Ihnen das Geld gewechselt, Ihr Ehrenwort?«

Die Denkmaschine hielt für den Bruchteil einer Sekunde inne.

»Nein«, antwortete er dann.

»Nun, machen Sie die Scheine dann selber oder wie?« Der Direktor war mittlerweile so weit, daß er alles geglaubt hätte.

»Das ist meine Angelegenheit«, wiederholte der Häftling.

Der Direktor musterte den berühmten Wissenschaftler mißmutig. Er spürte, nein, er *wußte,* daß dieser Mann ihn zum Narren hielt und er kam einfach nicht dahinter, womit. Wenn es ein echter Gefangener gewesen wäre, hätte er die Wahrheit schon herausbekommen – aber dann würden die unerklärlichen Dinge, die hier passierten, gar nicht erst zur Debatte stehen. Die beiden Männer standen sich eine Zeitlang schweigend gegenüber, bis der Direktor sich plötzlich abwendete, die Zelle verließ und wütend die Tür hinter sich zuknallte. In dem Moment brachte er einfach nichts heraus.

Draußen warf er einen Blick auf seine Uhr. Zehn vor vier. Kaum hatte er sich wieder zu Bett gelegt, da hallte erneut dieser markerschütternde Schrei durch das Gefängnis. Er murmelte ein paar Kraftausdrücke, die an Deutlichkeit nichts zu wünschen übrig ließen, zündete seine Laterne an und hastete durch das Gefängnis hinauf ins oberste Stockwerk.

Dort warf Ballard sich mit aller Macht gegen die vergitterte Zellentür und schrie aus vollem Hals. Er hörte erst auf, als der Direktor mit der Laterne in seine Zelle leuchtete.

»Holen Sie mich hier raus, holen Sie mich hier raus«, tobte er. »Ich war es, ich war es, ich habe sie getötet, nehmen Sie das weg!«

»Was soll ich wegnehmen?« fragte der Direktor.

»Ich hab ihr die Säure ins Gesicht geworfen, ich war es, ich gestehe alles, aber holen Sie mich hier raus!«

Ballard befand sich in einem erbärmlichen Zustand; ihn auf den Gang herauszulassen war ein Akt reiner Mitmenschlichkeit. Dort verkroch der Mann sich in einer Ecke wie ein gehetztes Tier und hielt sich die Ohren zu. Es dauerte eine halbe Stunde, bis er sich so weit beruhigt hatte, daß er sprechen konnte. Dann erzählte er in unzusammenhängenden Worten, was geschehen war. In der Nacht zuvor, so gegen vier Uhr morgens war er von einer Stimme aus dem Schlaf geschreckt worden, einer gespenstischen Stimme, die leise zu wimmern schien.

»Was hat sie gesagt?« fragte der Direktor.

»Säure!« keuchte der Gefangene. »Säure, immer wieder Säure! Sie hat mich beschuldigt. Ich habe die Flasche geworfen und die Frau ist gestorben. Ohhhh!« Es war ein grausiger Schrei.

»Säure?« wiederholte der Direktor erstaunt. Das ergab keinen Sinn.

»Säure. Das ist alles, was ich gehört habe. Nur dieses eine Wort, immer wieder. Sie hat noch mehr gesagt, aber das habe ich nicht verstanden ...«

»Letzte Nacht, wie?« fragte der Direktor. »Und was war heute nacht? Was hat dich diesmal so erschreckt?«

»Es war genau dasselbe«, stöhnte der Gefangene. »Säure, Säure, Säure!« Er hielt sich die Hände vor das

Gesicht und zitterte am ganzen Leib. »Ich habe sie mit Säure beworfen, aber ich wollte sie nicht töten. Ich habe nur diese Worte gehört. Es war wie eine Anklage...«, murmelte er. Dann verebbte die Stimme.

»Und hast du sonst noch etwas gehört?«

»Ja, aber ich konnte es nicht verstehen, nur ein oder zwei Worte.«

»Nun... raus damit, was war es denn?«

»Zuerst hörte ich Säure, dreimal insgesamt, und dann ein langes Stöhnen... dann... dann sagte sie: Hutgröße Nummer acht. Das kam zweimal. Ja.«

»Hutgröße Nummer acht«, wiederholte der Direktor nachdenklich. »Was zum Teufel... Hutgröße Nummer acht? Die Stimme des Gewissens schert sich meines Wissens nicht um Hutgrößen.«

»Er ist nicht ganz bei Trost«, sagte einer der Wärter und zuckte die Achseln.

»Ich glaube, Sie haben recht«, stimmte der Direktor zu. »Er muß verrückt sein. Wahrscheinlich hat er etwas gehört und ist in Panik geraten. Er zittert ja wie Espenlaub! Hutgröße Nummer acht! Was zum...«

V

Als der fünfte Tag in der Gefangenschaft der Denkmaschine anbrach, hatte das Gesicht des Direktors selber einen gehetzten Ausdruck angenommen. Er konnte es kaum erwarten, daß alles vorbei war. Er hatte das unbehagliche Gefühl, daß sein berühmter Gefangener sich auf seine Kosten amüsierte. Und wenn dies so war, hatte die Denkmaschine jedenfalls noch kein Fünkchen seines

Humors verloren. Am fünften Tag seiner Haft warf er dem Wachtposten draußen im Hof eine weitere, auf weißes Leinen geschriebene Botschaft zu: »Nur noch zwei Tage!« Und einen halben Dollar hinterher.

Der Direktor wußte, er *wußte,* daß der Gefangene aus Zelle 13 keine halben Dollars besaß; er *konnte* keine halben Dollars bei sich versteckt haben, ebensowenig wie Füller, Tinte oder Leinenstoff und trotzdem hatte er sie. Das war eine Tatsache und keine graue Theorie und außerdem einer der Gründe, warum der Direktor mit einem gehetzten Ausdruck im Gesicht herumlief.

Die unheimliche Sache mit der Säure und der Hutgröße Nummer acht ging ihm nicht mehr aus dem Kopf. Natürlich hatte es nichts zu bedeuten, sondern war nur das sinnlose Gestammel eines übergeschnappten Mörders, der vor lauter Angst sein Verbrechen gestanden hatte, aber trotzdem: seit die Denkmaschine in Haft war, passierten im Gefängnis einfach zu viele Dinge, die »nichts zu bedeuten hatten«.

Am sechsten Tag erhielt der Direktor einen Brief, in dem ihm mitgeteilt wurde, daß Dr. Ransome und Mr. Fielding sich am folgenden Tag, dem Donnerstag, im Gefängnis einfinden würden – vorausgesetzt, Professor van Dusen war bis dahin nicht ausgebrochen. Sie glaubten jedoch nicht, daß dies der Fall sein konnte, denn bisher hatten sie nichts gehört; sie würden ihn also dort treffen.

»Vorausgesetzt, er ist bis dahin nicht ausgebrochen!« Der Direktor lächelte mißmutig. Ausgebrochen!

An diesem Tag hielt die Denkmaschine den Direktor mit drei weiteren Botschaften auf Trab. Sie waren auf dem bereits bekannten Leinentuch geschrieben und bezogen sich samt und sonders auf die Verabredung am Donnerstagabend um acht Uhr dreißig, die die Denkmaschine am Tag der Hafteinlieferung mit seinen Kollegen getroffen hatte.

Am Nachmittag des siebten Tages kam der Direktor zufällig an Zelle 13 vorbei und warf einen Blick hinein. Die Denkmaschine lag auf der Eisenpritsche, offensichtlich in leichten Schlaf versunken. Bei einem flüchtigen Blick wirkte die Zelle so wie immer. Der Direktor hätte schwören können, daß kein Mensch sie zwischen jetzt – es war vier Uhr nachmittags – und heute abend halb acht verlassen könnte. Als er seine Runde beendet hatte, kam der Direktor wieder an Zelle 13 vorbei. Er hörte das gleichmäßige Atmen des Mannes, trat näher und warf einen Blick durch die Gitterstäbe. Er hätte dies nicht getan, wenn die Denkmaschine wach gewesen wäre, aber so ... nun, das war etwas anderes.

Durch das schmale Fenster über dem Bett fiel ein Lichtstrahl genau auf das Gesicht des Schlafenden. Zum erstenmal fiel dem Direktor auf, daß sein Gefangener abgezehrt und hager wirkte. Im selben Moment streckte sich die Denkmaschine und der Direktor eilte mit einem schlechten Gewissen den Gang herunter. Gegen sechs Uhr begegnete er dem Wärter.

»Alles in Ordnung in Zelle 13?« fragte er.

»Ja, Sir. Er hat allerdings kaum was gegessen.«

Im Gefühl, seine Pflicht erfüllt zu haben, empfing der Direktor kurz nach sieben Uhr Dr. Ransome und Mr. Fielding. Er hatte vor, ihnen die Tuchfetzen zu zeigen und sie in die ganze Geschichte seines Kummers einzuweihen, so lang sie auch sein mochte. Doch gerade, als er anfangen wollte, klopfte der Wachtposten, der zur Flußseite hin postiert war, an die Tür zu seinem Büro.

»Der Scheinwerfer auf meiner Seite ist kaputt, Sir«, meldete er.

»Teufel noch eins, dieser Kerl ist der reinste Hexenmeister«, tobte der Direktor. »Alles geht drunter und drüber, seit er hier ist!«

Der Wärter begab sich wieder auf seinen Posten in der Dunkelheit und der Direktor rief beim Elektrizitätswerk an.

»Hier ist das Chisholmer Gefängnis«, rief er in den Hörer. »Schicken Sie mir schleunigst drei oder vier Männer. Einer unserer Scheinwerfer ist ausgefallen!«

Offenbar fiel die Antwort zu seiner Zufriedenheit aus, denn der Direktor legte auf und ging hinaus in den Hof. Während Dr. Ransome und Mr. Fielding auf ihn warteten, kam der Posten vom Eingang und brachte einen eingeschriebenen Brief. Dr. Ransome bemerkte die Adresse und kaum war der Wärter verschwunden, schaute er sich den Brief genauer an.

»Heiliger Strohsack!« rief er.

»Was ist denn?« fragte Dr. Fielding.

Ohne ein Wort reichte der Doktor ihm den Brief. Mr. Fielding inspizierte ihn gründlich.

»Zufall«, sagte er schließlich. »Was sonst.«

Es war schon beinahe acht Uhr, als der Direktor wieder in seinem Büro erschien. Die Elektriker waren mittlerweile mit einem Lieferwagen eingetroffen und befanden sich jetzt bei der Arbeit. Der Direktor nahm den Hörer des Telephons, das ihn mit dem Wachtposten am Eingangstor verband.

»Wieviele Männer sind hereingekommen?« fragte er. »Vier? Drei Arbeiter in Overalls und der Vorsteher? Im Gehrock und mit Seidenhut? In Ordnung. Sorgen Sie dafür, daß auch nur vier Männer das Gefängnis wieder verlassen. Das wär's.«

Er wandte sich Dr. Ransome und Mr. Fielding zu. »Wir müssen in solchen Fällen besondere Vorsicht walten lassen, besonders«, und dabei lächelte er sarkastisch, »im Hinblick auf unseren wissenschaftlichen Mitbewohner.«

Damit griff er achtlos nach dem Einschreiben und fing an, es aufzureißen.

»Sobald ich dies gelesen habe, will ich Ihnen erzählen, wie ... Kruzitürken!« unterbrach er sich abrupt und starrte auf den Brief. Er saß mit offenem Mund und wie gelähmt vor Entsetzen da.

»Was ist?« fragte Mr. Fielding.

»Ein Einschreiben aus Zelle 13«, keuchte der Direktor. »Mit einer Einladung zum Abendessen!«

»Was?« und beide Wissenschaftler standen gleichzeitig auf.

Der Direktor blieb verdutzt auf seinem Platz sitzen und starrte einen Augenblick auf den Brief, ehe er laut nach einem Wärter draußen auf dem Gang rief.

»Laufen Sie rüber zu Zelle 13 und schauen Sie nach, ob der Mann noch da ist.«

Der Wärter machte sich eilig auf den Weg, während Dr. Ransome und Mr. Fielding den Brief näher unter die Lupe nahmen.

»Es ist die Handschrift van Dusens, darüber besteht kein Zweifel«, meinte Dr. Ransome schließlich. »Ich kenne sie nur allzu gut.«

Im selben Moment klingelte das Telephon und der Direktor nahm geistesabwesend den Hörer ab.

»Hallo? Zwei Reporter, wie? Lassen Sie sie herein.« Er

drehte sich zu Dr. Ransome und Mr. Fielding um. »Wie denn, der Mensch *kann nicht* entflohen sein. Er muß in seiner Zelle sein!«

Kurz darauf erschien der Wärter.

»Er ist in seiner Zelle, Sir«, meldete er. »Ich habe ihn gesehen. Er hat sich bereits hingelegt.«

»Sehen Sie, ich hab es Ihnen doch gesagt!« versicherte der Direktor. Ihm war ein Stein vom Herzen gefallen. »Aber wie hat er es bloß fertig gebracht, den Brief aufzugeben?«

In diesem Moment klopfte es an der Stahltür, die vom Gefängnishof zum Büro des Direktors führte.

»Das sind die beiden Reporter«, sagte der Direktor. »Lassen Sie sie herein«, befahl er dem Wärter und setzte dann, zu den beiden anderen Herren gewandt, hinzu: »Erwähnen Sie nichts von alledem.«

Die Tür ging auf und zwei Männer traten herein.

»Guten Abend, meine Herren«, sagte der eine. Es war Hutchinson Hatch, der Reporter. Der Direktor kannte ihn gut.

»Nun?« fragte der andere gereizt. »Da bin ich.«

Das war die Denkmaschine.

Er blinzelte den Direktor, der wie vom Blitz geschlagen dastand, herausfordernd an. Der Beamte brachte kein Wort mehr heraus. Dr. Ransome und Mr. Fielding waren überrascht, aber sie wußten auch nicht, was der Direktor wußte. Sie waren nur erstaunt, der Direktor war gelähmt. Hutchinson Hatch, der Reporter, ließ sich nichts entgehen.

»Wie ... wie ... wie haben Sie das geschafft?« keuchte der Direktor schließlich.

»Kommen Sie mit in meine Zelle«, forderte die Denkmaschine sie mit der mürrischen Stimme auf, die seinen Kollegen so gut bekannt war.

Der Direktor, der immer noch wie in Trance war, führte die illustre Gesellschaft an.

»Leuchten Sie mit Ihrer Laterne hinein«, wies die Denkmaschine ihn an

Der Direktor tat wie ihm befohlen war. Auf den ersten Blick erkannte man in der Zelle nichts Außergewöhnliches und da – da lag doch auch die Denkmaschine auf der Pritsche! Natürlich! Die gleiche blonde Mähne! Der Direktor betrachtete erneut den Mann, der neben ihm stand und wunderte sich über seine sonderbaren Träume.

Mit zittrigen Händen schloß er die Tür auf und die Denkmaschine trat herein.

»Sehen Sie hier«, forderte er sie auf. Er trat heftig gegen die Eisenstäbe im unteren Teil der Zellentür und drei von ihnen gaben nach. Ein vierter brach ab und rollte über den Korridor.

»Und hier«, meinte der ehemalige Gefangene, kletterte auf das Bett, fuhr mit der Hand über die Vergitterung des Zellenfensters und alle Stangen brachen auf einmal heraus.

»Und was liegt da auf dem Bett?« fragte der Direktor, der allmählich wieder zu sich kam.

«Eine Perücke«, lautete die Antwort. «Nehmen Sie die Decke weg.«

Der Direktor folgte der Aufforderung. Unter der Decke lagen ein dickes Bündel von zehn Metern oder mehr starkem Seil, ein Dolch, drei Feilen, drei Meter Elektrokabel, eine kleine, aber kräftige Kneifzange, ein kleiner Zweckenhammer mit Griff, sowie eine Derringer Pistole.

»Wie haben Sie das fertiggebracht?« fragte der Direktor noch einmal.

»Meine Herren, Sie sind um acht Uhr dreißig zum Abendessen bei mir eingeladen«, antwortete die Denkmaschine. »Wir müssen uns sputen, wenn wir nicht zu spät kommen wollen.«

»Aber wie haben Sie das gemacht?« bohrte der Direktor hartnäckig.

»Glauben Sie nicht, daß Sie jemanden einsperren können, der seinen Kopf zu gebrauchen weiß«, antwortete die Denkmaschine. »Und jetzt lassen Sie uns gehen, es wird spät.«

VI

Das Abendessen in den Räumen Professor van Dusens verlief ungeduldig und ziemlich wortkarg obendrein. Die Gäste waren Dr. Ransome, Mr. Albert Fielding, der Direktor des Chisholmer Gefängnisses und Hutchinson Hatch, Reporter. Das Essen wurde pünktlich auf die Minute serviert, so wie der Professor es eine Woche zuvor angeordnet hatte. Die Artischocken waren köstlich. Schließlich, als man zu Ende gespeist hatte, wandte sich die Denkmaschine Dr. Ransome zu und blinzelte ihn angriffslustig an.

»Sind Sie jetzt überzeugt?« fragte er.

»Das bin ich«, antwortete Dr. Ransome.

»Geben Sie zu, daß es ein fairer Test war?«

»In der Tat.«

Alle, besonders aber der Direktor, warteten ungeduldig auf eine Erklärung.

»Angenommen, Sie verraten uns, wie...«, begann Mr. Fielding.

»Ja, sagen Sie uns, wie Sie es gemacht haben«, unterbrach ihn der Direktor.

Die Denkmaschine rückte sich die Brille zurecht, blinzelte seinen Zuhörern zur Einstimmung ein paar Mal feindselig zu und begann dann mit seiner Geschichte. Er erzählte sie von Anfang an und sein Publikum war bis zum Äußersten gespannt.

»Wie Sie wissen, meine Herren, hatten wir uns darauf verständigt, daß ich mich, nur mit dem Nötigsten bekleidet, in eine Zelle einsperren lassen und diese innerhalb einer Woche verlassen sollte. Ich hatte das Chisholmer Gefängnis noch nie zuvor gesehen. Bevor ich die Zelle betrat, bat ich um etwas Zahnpulver, zwei Zehn- und einen Fünfdollarschein und ließ mir noch einmal meine Schuhe polieren. Selbst, wenn Sie mir diese Bitten abgeschlagen hätten, es hätte auch nicht viel geändert. Aber Sie waren einverstanden.

Ich wußte, es würde nichts in der Zelle sein, woraus ich, wie Sie vielleicht meinten, einen Vorteil hätte ziehen können. Also war ich rein äußerlich völlig hilflos, als der Wärter die Tür hinter mir verschloß, es sei denn, es gelänge mir, diese drei, scheinbar harmlosen Dinge für meine Zwecke zur Anwendung zu bringen. Es waren Bitten, die man jedem zum Tode verurteilten Häftling gewährt hätte, oder nicht, Direktor?«

»Zahnpulver und Schuhepolieren gewiß, aber kein Geld«, antwortete der Direktor.

»In den Händen eines Mannes, der damit umzugehen weiß, ist alles gefährlich«, fuhr die Denkmaschine fort. »In der ersten Nacht tat ich nicht viel mehr als Ratten zu jagen und zu schlafen.« Er warf dem Direktor einen Blick zu. »Ich wußte, daß ich in der ersten Nacht nicht viel ausrichten konnte und zog daher den folgenden Morgen vor. Aber Sie, meine Herren, glaubten, ich würde mehr Zeit brauchen, um eine Flucht mit Hilfe von draußen zu arrangieren. Dies entsprach nicht ganz den Tatsachen. Ich wußte genau, daß ich, wann ich wollte und mit wem ich wollte, in Verbindung treten konnte.«

Der Direktor starrte ihn einen Augenblick lang nachdenklich an, dann rauchte er weiter.

»Am nächsten Morgen um sechs Uhr wurde ich von einem Wärter geweckt, der mir das Frühstück brachte«, fuhr der Wissenschaftler fort. »Er erzählte mir auch, daß das Mittagessen um zwölf und das Abendessen um sechs Uhr stattfände. Dazwischen, so schloß ich, würde ich mehr oder weniger ungestört sein. Also begab ich mich gleich nach dem Frühstück an die Arbeit und untersuchte von meinem Zellenfenster aus erst einmal meine unmittelbare Umgebung. Ein Blick genügte, um festzustellen, daß es aussichtslos wäre, über die Mauern klettern zu wollen, selbst, wenn ich den Fluchtweg durch das Fenster einschlagen sollte. Ich hatte ja vor, nicht nur die Zelle, sondern auch das Gefängnisgebäude zu verlassen. Vielleicht hätte ich es über die Mauer geschafft, aber es hätte in jedem Fall länger gedauert, einen diesbezüglichen Fluchtplan auszuarbeiten. Daher verwarf ich vorerst diese Idee.

Meine ersten Beobachtungen ergaben, daß sich der Fluß auf meiner Seite des Gefängnisses befand und dort mußte es auch eine Art Spielplatz geben. Im Verlauf des Tages wurden diese Vermutungen durch einen Wärter bestätigt. Somit hatte ich eine wichtige Sache erfahren: jedermann konnte sich, wenn nötig, von dieser Seite aus dem Gefängnis nähern, ohne irgendwelchen besonderen Verdacht auf sich zu lenken. Dies war eine bedeutsame Information, die es sich zu merken galt. Ich prägte sie mir gut ein.

Was jedoch meine Aufmerksamkeit am meisten erregte, war ein Stromkabel, das nur wenige Zentimeter, eine Handbreit vielleicht, neben meinem Zellenfenster vorbei zu dem Scheinwerfer führte. Diese Erkenntnis erschien mir besonders wertvoll für den Fall, daß es nötig sein würde, es durchzuschneiden.«

»Ach, dann waren Sie es also, der den Scheinwerfer heute abend außer Betrieb gesetzt hat?«

»Nachdem ich mir alles, was ich vom Fenster aus erfahren konnte, eingeprägt hatte«, fuhr die Denkmaschine fort, ohne auf die Unterbrechung einzugehen, »beschäftigte ich mich eine Zeitlang mit der Idee, das Gefängnis durch die Tür zu verlassen. Ich rief mir ins Gedächtnis zurück, wie wir in die Zelle gelangt waren. Ich wußte, daß es der einzige Weg nach draussen war. Zwischen mir und der Freiheit lagen sieben Türen. Also verwarf ich auch die Möglichkeit, das Gefängnis auf normalem Wege zu verlassen. Und mit dem Kopf durch die festen Granitwände konnte ich auch nicht gut.«

Hier genehmigte sich die Denkmaschine eine kleine Verschnaufpause. Dr. Ransome zündete sich eine neue Zigarre an. Minutenlang herrschte nachdenkliches Schweigen, dann fuhr der methodische Gefängnisausbrecher fort:

»Während ich mir noch über all diese Dinge den Kopf zerbrach, huschte mir plötzlich eine Ratte über den Fuß. Das brachte mich auf eine neue Idee. Ich hatte mindestens ein halbes Dutzend Ratten zu Besuch in der Zelle, ich konnte sogar ihre Augen funkeln sehen. Ich hatte aber keine durch den Schlitz unter der Tür kommen sehen. Deshalb erschreckte ich sie jetzt, mit dem Ziel, festzustellen, ob sie unter der Tür durchschlüpften. Das taten sie nicht, aber sie waren trotzdem verschwunden. Sie mußten also einen anderen Fluchtweg eingeschlagen haben. Ein anderer Fluchtweg, das bedeutete, eine andere Öffnung.

Ich suchte danach und wurde auch prompt fündig. Es war ein altes Abflußrohr, das lange nicht mehr in Gebrauch zu sein schien und teilweise von Staub und Unrat verstopft war. Aber diesen Weg hatten die Ratten genommen. Und sie waren von irgendwoher gekommen, aber woher? Abflußrohre führen in der Regel aus einem Gebäude heraus. Dieses hier führte wahrscheinlich hinunter zum Fluß, oder doch wenigstens in seine Nähe. Die Ratten mußten also vom Fluß gekommen sein. Wenn sie einen Teil der Entfernung zwischen Fluß und Zelle zurücklegen konnten, dann schafften sie auch die ganze Strecke, folgerte ich. Außerdem war es unwahrscheinlich, daß ein Abflußrohr aus Stahl oder Eisen irgendwo ein Loch hatte, es sei denn am Ende.

Als der Wärter das Mittagessen brachte, verriet er mir zwei bedeutende Dinge, obwohl er es nicht ahnen konnte. Das eine war, daß vor sieben Jahren ein neues Abflußsystem verlegt worden war, und das andere,daß der Fluß nur hundert Meter vom Gefängnisgebäude entfernt verlief. Ich wußte nun also zuverlässig, daß das Rohr Teil eines alten, nicht mehr gebrauchten Abflußsystems war und daß es zum Fluß hinunterführte. Die Frage war nur: endete das Rohr im Wasser oder auf dem Land?

Sie zu beantworten, war meine nächste Aufgabe. Ich ging ihr nach, indem ich auf allen vieren in der Zelle herumkroch und ein paar Ratten fing. Mein Wärter war einigermaßen erstaunt, als er mich zufällig dabei beobachtete. Ich untersuchte etwa zwölf dieser Geschöpfe. Sie waren allesamt völlig trocken; das hieß, sie waren durch die Abflußleitung gekommen und das Wichtige daran: es handelte sich nicht um Hausratten, sondern um Feldratten. Das andere Ende der Leitung endete mit Sicherheit auf dem Land, irgendwo außerhalb der Gefängnismauern. So weit, so gut.

Mir war natürlich klar, daß ich die Aufmerksamkeit des Direktors in eine andere Richtung lenken mußte, wenn ich ungestört weiterarbeiten wollte. Verstehen Sie, der Direktor wußte ja, daß ich mit dem Vorsatz gekommen war, auszubrechen. Dieser Versuch war nun natürlich umso schwieriger, da ich ihn zunächst auf eine falsche Fährte locken mußte.«

Der Direktor warf ihm einen traurigen Blick zu.

»Zunächst sollte er annehmen, daß ich versuchte, mit Ihnen, Dr. Ransome, Kontakt aufzunehmen. Also schrieb ich eine Botschaft auf ein Stück Tuch, das ich aus meinem Hemd gerissen hatte, adressierte es an Dr. Ransome, wikkelte es in einen Fünfdollarschein und warf es aus dem Fenster. Ich war mir sicher, daß der Wachtposten es dem Direktor bringen würde, aber ich hoffte, daß der es weiterleiten würde. Haben Sie das Stück Tuch noch, Herr Direktor?«

Der Direktor händigte ihm die verschlüsselte Botschaft aus.

»Was zum Kuckuck soll das eigentlich heißen?« fragte er.

»Lesen Sie es rückwärts, beginnen Sie mit der Unterschrift und achten Sie nicht auf die Verteilung der Worte«, forderte ihn die Denkmaschine auf.

Der Direktor buchstabierte langsam: »A-u-f, auf.« Er betrachtete es eine Weile und las dann grinsend vor: »›Auf diese Art werde ich nicht entwischen.‹ Tja, was sagt man dazu!«

»Ich wußte, es würde Ihre Aufmerksamkeit auf sich lenken, ganz so, wie es dann auch geschah«, fuhr die Denkmaschine fort. »Und wenn Sie wirklich dahinter gekommen wären, was es bedeutet, dann wäre es nur ein ironischer Vorwurf gewesen.«

»Aber womit haben Sie es geschrieben?« fragte Dr. Ransome, nachdem er den Tuchfetzen untersucht und an Mr. Fielding weitergereicht hatte.

»Damit«, antwortete der vormalige Gefangene und streckte ein Bein aus. Er trug noch das gleiche Paar Schuhe, das er auch im Gefängnis angehabt hatte, allerdings war es nicht mehr so blank poliert wie am Anfang. Das ganze Wachs war sauber abgekratzt. »Schwarzes Schuhwachs, mit etwas Wasser vermischt, war meine Tinte; das verstärkte Ende meines Schnürsenkels diente als Füllhalter, übrigens nicht zu verachten.«

Der Direktor starrte ihn an und brach in ein schallendes Gelächter aus, halb erleichtert, halb amüsiert.

»Sie sind mir ein Rätsel«, rief er bewundernd. »Fahren Sie fort!«

»Dieser Schachzug veranlaßte den Direktor, meine Zelle zu durchsuchen, ganz wie ich es beabsichtigt hatte. Ich wollte ihm die Gewohnheit aufzwingen, meine Zelle solange zu durchsuchen, bis er es schließlich satt hatte, nichts zu finden und es zähneknirschend aufgeben würde. Genau so kam es dann schließlich auch.«

Der Direktor errötete.

»Er nahm mir mein weißes Hemd weg und gab mir

eins aus dem Gefängnisbestand. Er war heilfroh, daß die beiden Fetzen das einzige waren, was an dem Hemd fehlte. Doch während er meine Zelle durchsuchte, hatte ich die ganze Zeit ein zusammengerolltes Stück eben dieses Stoffes in meinem Mund.«

»Ein zusammengerolltes Stück Stoff von diesem Hemd?« fragte der Direktor. »Ja, wo hatten Sie das denn her?«

»Das Brustteil aller gestärkten weißen Hemden ist dreifach genäht. Ich riß die innerste Lage heraus und übrig blieben nur noch zwei. Ich wußte, es würde Ihnen nicht auffallen. Das war alles.«

Der Direktor ließ den Blick mit einem dümmlichen Grinsen von einem zum anderen Gast schweifen.

»Nachdem ich auf diese Art den Direktor auf eine falsche Spur gelockt und ihn fürs erste abgelenkt hatte, unternahm ich die ersten Schritte in Richtung Freiheit«, erzählte Professor van Dusen. »Ich hatte mir ausgerechnet, daß das Abflußrohr irgendwo auf dem Sportplatz mündete; ich wußte, daß dort viele Kinder spielten und ich wußte, daß von dort aus die Ratten in meine Zelle kamen. Konnte ich dieses Wissen benutzen, um zu irgend jemand da draußen Kontakt aufzunehmen?

Als erstes brauchte ich einen einigermaßen zuverlässigen Faden, also – aber sehen Sie selbst«, er zog ein Hosenbein hoch und zeigte seinen Socken, dessen obere, aus feinem, starken Garn gewirkte Hälfte fehlte. »Ich habe sie einfach aufgezogen – wenn man den Dreh erst einmal raus hat, ist es nicht schwer –, und so war ich auf denkbar einfache Art zu einer Viertelmeile Zwirn gekommen, mit dem ich jetzt weiterarbeiten konnte.

Dann schilderte ich diesem Herrn hier«, und er zeigte

auf Hutchinson Hatch, »auf der Hälfte des restlichen Tuchs meine prekäre Situation. Es war mühsam genug, aber ich wußte, er würde mir helfen – schon wegen der Story. Dann wickelte ich einen Zehndollarschein um den Brief, es gibt nämlich kaum einen sichereren Weg, Interesse zu erwecken, und schrieb obendrauf: ›Finder, bitte überbringen Sie diese Nachricht an Hutchinson Hatch, *Daily American*, der Ihnen dafür weitere zehn Dollar zahlen wird.‹

Als nächstes mußte ich mir eine Möglichkeit einfallen lassen, den Brief nach draußen auf den Sportplatz zu befördern, wo ein Kind ihn finden konnte. Es gab zwei, doch ich entschied mich für die, die mir sicherer erschien. Ich packte eine der Ratten – allmählich hatte ich Übung im Rattenfangen –, band ihr das Leinenpäckchen mit dem Geld fest um ein Bein, schnürte mein Garn um das andere und setzte sie im Abflußrohr auf freien Fuß. Ich ging davon aus, daß das Tier vor lauter Angst rennen würde, bis es das Rohr verlassen hatte. Draußen würde es sich dann wahrscheinlich von Tuch, Geld und Garn befreien.

Von dem Augenblick an, als die Ratte im Abflußrohr verschwand, war ich nervös. Ich ging ein großes Risiko ein. Es konnte passieren, daß die Ratte den Faden, den ich in der Hand hielt, abbiß oder auch, daß eine andere Ratte ihn durchnagte. Es konnte auch so kommen, daß die Ratte aus dem Abflußrohr herauskam und meinen Brief irgendwo abstreifte, wo keiner ihn finden würde. Tausend andere Möglichkeiten des Scheiterns schossen mir durch den Kopf. Ich verbrachte ein paar ruhelose Stunden, aber die Tatsache, daß die Ratte immerhin so weit gelaufen war, daß nur noch wenige Zentimeter von meinem Faden übriggeblieben waren, gab Anlaß zu der Hoffnung, daß sie das Abflußrohr verlassen hatte. Für den Fall, daß er meine Nachricht tatsächlich erhielt, hatte ich Hutchinson Hatch genauestens mitgeteilt, was er zu tun hatte. Die Frage war nur: würde sie ihn erreichen?

Jetzt konnte ich nur noch abwarten und neue Pläne schmieden, für den Fall, daß dieser hier fehlschlug. Ich versuchte unverhohlen, den Wärter zu bestechen und erfuhr von ihm, daß er nur zwei der sieben Schlüssel besaß, die mich von der Freiheit trennten. Dann versuchte ich etwas anderes, um den Direktor mürbe zu machen. Ich entfernte die Stahlbeschläge von den Absätzen meiner Schuhe und tat so, als wollte ich versuchen, die Vergitterung vor meinem Fenster durchzusägen. Das gefiel dem Direktor ganz und gar nicht, er machte eine Riesensache daraus. Er scheute nicht einmal davor zurück, an den Eisenstäben meines Zellenfensters zu rütteln, um zu prüfen, ob sie noch intakt waren. Sie waren es – damals.«

Wieder mußte der Direktor grinsen; mittlerweile hatte er es aufgegeben, sich zu wundern.

»Mit diesem einen Plan hatte ich alles eingefädelt, was überhaupt möglich war und nun blieb mir nichts weiter übrig als abzuwarten, was geschah«, fuhr der Wissenschaftler fort. »Ich konnte natürlich nicht wissen,ob meine Nachricht ihr Ziel erreicht hatte oder überhaupt gefunden worden war, oder ob die Ratte sie womöglich gefressen hatte. Aber noch weniger konnte ich diesen dünnen Faden, der mich mit der Außenwelt verband, durch das Rohr zurückziehen.

In dieser Nacht legte ich mich zwar zu Bett, konnte aber kein Auge zutun, aus Angst, das kaum wahrnehmbare Signal zu verpassen, das mir sagen würde, ob Mr. Hatch meine Botschaft erhalten hatte. Gegen halb vier, schätze ich, spürte ich dieses Zucken und glauben Sie mir, meine Herren, kein zum Tode Verurteilter hätte dieses Gefühl freudiger willkommen heißen können als ich.«

Die Denkmaschine hielt inne und wandte sich an den Reporter.

»Vielleicht wollen Sie weitersprechen?«

»Gern. Der Tuchfetzen wurde mir von einem Jungen überbracht, der auf dem Sportplatz hinter dem Gefängnis Baseball gespielt hatte«, erzählte Hutchinson Hatch. »Ich wittterte gleich eine Story, also gab ich dem Jungen noch einmal zehn Dollar und besorgte mir mehrere Rollen Seidengarn, etwas Zwirn und eine Rolle dünnen, biegsamen Draht. Der Professor hatte mir gesagt, ich solle mir die Stelle zeigen lassen, wo der Junge die Nachricht gefunden hatte und an diesem Punkt gegen zwei Uhr morgens mit der Suche beginnen. Wenn ich das andere Ende des Fadens gefunden hatte, sollte ich zuerst drei mal kurz hintereinander und dann noch ein viertes Mal daran ziehen.

Ich begann meine Suche mit einer kleinen Taschenlampe. Nach einer Stunde und zwanzig Minuten hatte ich das Ende des Abflußrohres gefunden, das von Unkraut überwuchert und kaum zu sehen war. Es war ziemlich groß, hatte einen Durchmesser von etwa dreißig Zentimtern. Dann stieß ich auch auf das Ende des Fadens, zupfte daran, wie verabredet und erhielt auch prompt Antwort.

Also band ich mein Garn daran fest und Professor van Dusen fing an, es in seine Zelle zu ziehen. Vor lauter Angst, daß der dünne Faden reißen könnte, hätte ich fast einen Herzanfall bekommen. Als die Seide zu Ende war, verknotete ich sie mit dem Zwirn und ganz am Schluß folgte der Draht. Damit hatten wir eine sichere Verbindung hergestellt, die auch von den Ratten nicht durchgenagt werden konnte. Sie reichte vom Ende des Abwasserrohrs bis in Zelle 13.«

Die Denkmaschine hob die Hand und Hatch hielt inne.

»Das Ganze ging natürlich vollkommen geräuschlos vonstatten«, fuhr der Wissenschaftler fort. »Aber als ich den Draht in den Händen hielt, hätte ich vor Freude schreien können. Wir versuchten dann auch gleich noch ein weiteres Experiment, auf das Mr. Hatch vorbereitet war. Wir probierten aus, ob man sich durch das Rohr verständigen konnte. Keiner von uns konnte den anderen sehr gut verstehen, aber ich traute mich nicht, lauter zu sprechen, um keinen Verdacht zu erwecken. Schließlich gelang es mir, ihm mitzuteilen, was ich unverzüglich brauchte. Er schien einige Schwierigkeiten zu haben, das Wort Salpetersäure zu verstehen und ich mußte ›Säure‹ mehrere Male wiederholen.

Dann hörte ich aus der Zelle über mir einen Schrei. Ich wußte sofort, daß irgend jemand unsere Unterhaltung belauscht hatte und als ich Ihre Schritte hörte, Herr Direktor, habe ich mich schlafend gestellt. Wenn Sie in diesem Moment in meine Zelle gekommen wären, hätte dies das Ende des Fluchtplans bedeutet. Aber Sie gingen weiter. Nie wieder waren Sie so nahe daran, mir auf die Schliche zu kommen.

Nachdem wir unsere improvisierte Kabelverbindung hergestellt hatten, kann man sich leicht vorstellen, wie ich in meiner Zelle Sachen hervorzauberte und wieder verschwinden ließ. Ich versteckte sie einfach in der Abflußleitung. Sie, Herr Direktor hätten den Anfang des Drahtes nicht erreichen können, denn Ihre Finger sind zu dick. Sehen Sie, meine sind schmaler und länger. Zur

Vorsicht hatte ich außerdem eine tote Ratte in das Loch gelegt, sozusagen als Wächter – Sie erinnern sich doch?«

»Ja, ich erinnere mich«, meinte der Direktor und zog eine Grimasse.

»Ich dachte mir, wenn plötzlich jemand Lust haben sollte, diese Öffnung zu inspizieren, würde ihm eine tote Ratte den Elan schon austreiben. Bis zur nächsten Nacht konnte Mr. Hatch mir nichts wirklich Brauchbares schikken, aber zum Trost wechselte er mir meinen Zehndollarschein, sozusagen als Test und ich setzte einen Teil meines Planes fort. Dann entwickelte ich die Fluchtmethode, die ich schließlich auch anwandte.

Um sie erfolgreich durchführen zu können, mußte ich den Wachtposten draußen daran gewöhnen, mich öfters am Zellenfenster zu sehen. Ich arrangierte das, indem ich ihm kleine Botschaften zukommen ließ, die im Tonfall so überheblich waren, daß der Direktor sich fragen mußte, ob nicht vielleicht doch einer seiner Leute schwach geworden und mir bei der Kommunikation mit draußen behilflich war. Ich stand stundenlang am Fenster und schaute hinaus, damit der Wachtposten mich bemerkte. Gelegentlich unterhielt ich mich auch mit ihm. Auf diese Weise erfuhr ich, daß das Gefängnis keine eigenen Elektriker unterhielt und daher vom Elektrizitätswerk abhängig war, wenn einmal etwas schief ging.

Dies wies mir einen recht klaren Weg in die Freiheit. Am frühen Abend meines letzten Tages, sobald es dunkel wurde, würde ich das Stromkabel, das nur wenige Zentimeter neben meinem Fenster verlief, mit einem in Säure getauchten Draht durchtrennen. Dies würde meine Seite des Gefängnisgebäudes in völlige Dunkelheit tauchen, solange die Elektriker dabei wären, den Fehler zu suchen.

Außerdem wäre es eine gute Gelegenheit, Mr. Hatch in den Gefängnishof zu bringen.

Ich mußte nur noch eins bewerkstelligen, ehe ich richtig anfangen konnte, meinen Fluchtplan in die Tat umzusetzen. Ich mußte sämtliche Details mit Mr. Hatch besprechen und das ging nur mit Hilfe der Rohrleitung. Dies tat ich eine halbe Stunde, nachdem der Direktor in der vierten Nacht meine Zelle verlassen hatte. Mr. Hatch hatte wieder Mühe, mich zu verstehen und ich mußte erneut das Wort ›Säure‹ mehrmals wiederholen, wie auch die Worte ›Hutgröße Nummer acht‹ – das ist meine Größe. Wie mir einer der Wärter am nächsten Morgen erzählte, veranlaßte dies einen Gefangenen vom obersten Stockwerk dazu, einen Mord zu gestehen. Dieser Häftling hatte unsere Unterhaltung, wenn auch beträchtlich verzerrt, mitgehört, denn die Leitung führte irgendwie auch durch seine Zelle. Die Zelle direkt über mir war nicht besetzt, deshalb gab es ansonsten keine Zeugen.

Natürlich war die eigentliche Arbeit, mit Hilfe der Salpetersäure, die Mr. Hatch mir in kleinen Flaschen durch die Abflußleitung schob, die Gitterstäbe vor dem Fenster durchzuätzen, ein vergleichsweise einfaches, allerdings langwieriges Unterfangen. Am fünften, sechsten und siebten Tag konnte der Wachtposten draußen im Hof beobachten, wie ich Stunde um Stunde am Fenster stand, ohne natürlich zu ahnen, daß ich mich mit einem in Salpetersäure getauchten Draht an der Vergitterung zu schaffen machte. Das Zahnpulver brauchte ich, um die Salpetersäure am Auslaufen zu hindern. Während ich arbeitete und die Säure sich immer tiefer in das Metall fraß, gab ich mir den

Anschein, gedankenverloren ins Weite zu schauen. Dann fiel mir ein, daß die Wärter die Türen überprüften, indem sie an den oberen Gittern rüttelten. Also durchtrennte ich die unteren Gitterstangen und ließ sie nur an einem dünnen Metallstrang hängen. Das war allerdings der blanke Übermut. So einfach hätte ich nicht ausbrechen können.«

Die Denkmaschine schwieg minutenlang.

»Ich glaube, das klärt so manches auf«, sagte er schließlich. »Alles andere diente nur dazu, den Direktor und die Wärter zu verwirren. Die Sachen auf meiner Pritsche waren ein Vorschlag von Mr. Hatch, der seine Zeitungsstory noch etwas aufpolieren wollte. Die Perücke war allerdings meine Idee. Den Einschreibebrief schrieb und adressierte ich mit Hilfe von Mr. Hatchs Füllfederhalter in meiner Zelle, schickte ihn durch die Rohrpost und er gab ihn dann auf. Das wäre alles, glaube ich.«

»Aber wie sind Sie aus dem Gefängnisgebäude herausgekommen und durch das Eingangstor wieder in mein Büro gelangt?« fragte der Direktor.

»Ganz einfach: ich durchtrennte das Stromkabel, wie ich bereits andeutete, solange der Strom noch abgeschaltet war. Daher funktionierte der Scheinwerfer nicht, als es dunkel wurde und man das Licht einschalten wollte. Ich wußte, es würde eine Zeitlang dauern, bis der Fehler entdeckt und behoben war. Als der Wachtposten Ihnen Bericht erstattete, war es auf dem Hof stockdunkel. Ich zwängte mich durch das Fenster – dabei mußte ich mich ziemlich dünn machen – brachte, auf einem schmalen Sims stehend, die Eisenstäbe wieder an und versteckte mich im Schatten, bis die Arbeiter eintrafen. Einer von ihnen war Mr. Hatch.

Als ich ihn erkannte, machte ich mich bemerkbar und

er warf mir eine Mütze und einen Overall zu, den ich etwa drei Meter von Ihnen entfernt, Herr Direktor, überstreifte. Später rief Mr. Hatch mich zu sich und tat so, als sei ich einer seiner Leute. Wir gingen zusammen durch das Eingangsportal hinaus, angeblich, um etwas aus dem Wagen zu holen. Der Wachtposten machte keinerlei Anstalten, uns daran zu hindern, denn er hatte uns ja eben noch hereinkommen sehen. Wir zogen uns um, kehrten zurück und baten darum, Sie sprechen zu dürfen. Das war eigentlich alles.«

Minutenlanges Schweigen. Als erster ergriff dann Dr. Ransome das Wort.

»Wunderbar!« rief er. »Es ist einfach unglaublich!«

»Wie konnte denn Mr. Hatch zusammen mit den Elektrikern hereinkommen?« fragte Mr. Fielding.

»Sein Vater ist der Manager der Elektrizitätswerke«, antwortete die Denkmaschine.

»Und wenn es keinen Mr. Hatch gegeben hätte?«

»Jeder Gefangene hat einen guten Freund draußen, der ihm helfen würde, auszubrechen, wenn er könnte.«

»Mal angenommen – nur angenommen – es hätte keine alte Abflußleitung gegeben?« fragte der Direktor neugierig.

»Es gab noch zwei andere Möglichkeiten der Flucht«, versicherte die Denkmaschine geheimnisvoll.

Zehn Minuten später klingelte das Telephon. Der Direktor wurde verlangt.

»Aha, das Licht ist in Ordnung?« fragte er in den Hörer. »Schön. Stromkabel neben Zelle 13 durchtrennt? Ja, weiß ich. Ein Elektriker zuviel? Wieso das? Zwei sind rausgegangen?«

Der Direktor wandte sich erstaunt den anderen zu.

»Er hat vier Männer hereingelassen, dann sind zwei herausgegangen und er sagt, jetzt sind noch drei da.«

»Ich war der Überzählige«, erinnerte die Denkmaschine.

»Oh«, meinte der Direktor, »verstehe.« Und dann ins Telephon: »Lassen Sie den fünften Mann gehen. Er ist in Ordnung.«

DIE KRISTALLKUGEL

I

Mit seinen abscheulich hervorstehenden Augen saß der große Gott Budd im Lotussitz auf seinem Sockel und starrte teilnahmslos ins Halbdunkel. Im flackernden Licht einer Pfauenlampe, die mit ausgebreiteten Schwingen von der Decke herabhing, erschien die Umgebung wie ein abgelegener Schlupfwinkel irgendwo in einem ostindischen Palast. Schwere Teppiche hingen an den Wänden, reichverzierte Diwans luden zum Platznehmen ein, überall lauerten die Felle wilder Tiger. In dämmrigen Nischen grinsten schwermütige Statuen und an den Wänden funkelte das Metall fremdartiger Waffen. Von draußen drang das aufdringliche Bimmeln der Straßenbahn herein.

Die einsame Gestalt inmitten dieser exotischen Pracht stand in kraßem Gegensatz zu ihrer Umgebung.Es war ein Mann, der einen Abendanzug trug und eine Zigarre rauchte. Er war fünfzig, vielleicht auch sechzig Jahre alt und besaß die gesunde Hautfarbe eines Menschen, der einen großen Teil seines Lebens im Freien verbracht hat. In seinem üppigen Haar und seinem dichten Schnurrbart waren nur ein paar vereinzelte graue Haare zu entdecken. Der Blick war fest und klar, im Moment jedoch gedankenverloren.

Er saß eine lange Zeit vollkommen unbeweglich da, bis sich plötzlich zu seiner Rechten die Vorhänge teilten und eine junge Frau eintrat. Sie war eindeutig Teil des Bildes, zu dem der Mann in solchem Widerspruch stand. Das glänzende schwarze Haar fiel über ihre Schultern herab und in ihren Augen lockten strahlende Geheimnisse. Ihre Kleidung verriet fernöstliche Herkunft. Sie blieb einen Augenblick stehen und betrachtete den Mann, dann trat sie unbeschwert näher.

»Varick Sahib«, sagte sie schüchtern, so, als wäre dies eine Begrüßung. »Störe ich?« Ihre Stimme klang etwas heiser und verriet den Akzent ihrer Muttersprache.

»Oh, nein, Jadeh. Komm nur herein«, antwortete der Mann.

Sie lächelte unbefangen und nahm auf einem Kissen neben ihm Platz.

»Und mein Bruder?« fragte sie.

»Er ist im Kabinett.«

Varick hatte sie kaum bewußt wahrgenommen und starrte weiter gedankenversunken ins Leere. Hin und wieder sah die junge Frau schüchtern, fast ergeben zu ihm auf, aber er schenkte ihr keinerlei Beachtung. Offensichtlich war er mit seinen Gedanken ganz woanders.

»Darf ich fragen, was Sie diesmal zu uns führt, Sahib?« fragte sie schließlich.

»Ach, nur ein Geschäft auf dem Markt«, antwortete Varick gleichgültig. »Es scheint Adhem ebenso ein Rätsel zu sein wie mir. Er ist schon seit einer halben Stunde da drin.«

Während er einen Zug von der Zigarre nahm, schweifte sein Blick sinnend durch den Raum, bis er schließlich an der schlanken, biegsamen Gestalt Jadehs hängenblieb. Sie hielt ihre Knie mit den Händen umfaßt und lehnte sich träumerisch zurück. Ihr Gesicht war nach oben gerichtet und wurde vom flackernden Licht der Lampe erhellt. Varick bemerkte, wie schön sie war und er wollte es ihr gerade sagen, so wie er es jeder anderen Frau gesagt hätte, als hinter ihnen plötzlich die Vorhänge beiseite geschoben wurden und sie sich beide umdrehten.

Ein Mann von offensichtlich ostindischer Abstammung trat ein. Es war Adhem Singh, in der prächtigen Robe eines Wahrsagers. Auch er paßte in diese Umgebung. Ein Ausdruck der Besorgnis lag jetzt auf seinem markanten Gesicht, das von anderen, unergründlichen Gefühlen überschattet wurde.

»Nun, Adhem?« fragte Varick.

»Ich habe merkwürdige Dinge gesehen, Sahib«, antwortete der Seher ernst. »Die Kristallkugel verheißt Gefahr.«

»Gefahr?« wiederholte Varick und zog leicht die Augenbrauen hoch. »Nun, in dem Fall ziehe ich mich aus dem Geschäft zurück.«

»Es ist keine Gefahr für Ihr Geschäft, Sahib«, erklärte der Seher betroffen. »Es handelt sich um eine andere Art von Gefahr.« Jadeh warf ihm aus geweiteten Augen einen schnellen Blick zu und stellte eine Frage in ihrer Muttersprache. Er antwortete in derselben Sprache, worauf sie sich voller Entsetzen Varick zu Füßen warf und in Tränen ausbrach. Varick schien ebenfalls zu verstehen und musterte den Magier besorgt.

»Tod?« rief er aus. »Was hat das zu bedeuten?«

Adhem schwieg einen Augenblick und senkte respektvoll die Augen vor dem forschenden Blick des weißen Mannes.

»Entschuldigen Sie, Sahib«, sagte er. »Ich habe nicht daran gedacht, daß Sie unsere Sprache sprechen.«

»Was ist es?« fragte Varick noch einmal. »Nun los, rede schon!«

»Ich kann nicht, Sahib.«

»Du mußt!« befahl der andere und erhob sich mit einer herrischen Gebärde.

Der Wahrsager ging auf ihn zu, blieb einen Moment lang mit der Hand auf der Schulter des weißen Mannes stehen und studierte die Angst in seinem Gesicht.

»Die Kristallkugel, Sahib«, begann er. »Sie sagt, daß... daß...«

»Nein, mein Bruder«, flehte ihn die junge Frau an.

»Fahr fort«, befahl Varick.

»Es schmerzt mich, jemandem, den ich so liebe wie Sie, Kummer bereiten zu müßen«, sagte der Wahrsager leise. »Vielleicht wollen Sie es selber sehen?«

»Na schön, laß es mich sehen«, antwortete Varick. »Ist es in der Kristallkugel?«

»Ja, wenn die Götter es wollen.«

»Aber du weißt doch, ich konnte noch nie etwas darin sehen«, erinnerte ihn Varick. »Ich habe es doch schon unzählige Male versucht.«

»Ich glaube, dieses Mal wird alles anders sein, Sahib«, entgegnete Adhem leise. »Meinen Sie, Sie können einen Schock verkraften?«

Varick gab sich einen ungeduldigen Ruck.

»Aber natürlich kann ich das, natürlich.«

»Einen schweren Schock?«

Varick zuckte nervös die Achseln.

»Ich bin auf alles gefaßt«, erklärte er knapp. »Also, was ist es? Laß es mich sehen.«

Er ging auf den Vorhang zu, durch den Adhem ins Zimmer getreten war. Die junge Frau versuchte verzweifelt, ihn daran zu hindern.

»Nein, nein, nein«, schluchzte sie. »Laß das«, rief Varick ärgerlich und schüttelte sie ab. Doch dann beugte er sich liebevoll zu ihr hinab und hob sie auf. »Ich bin weder ein Kind ... noch ein Dummkopf!«

Er warf die Vorhänge beiseite und trat ein. Während sie leise hinter ihm zufielen, hörte er noch einen unterdrückten Schmerzensschrei Jadehs und preßte die Zähne zusammen.

Er befand sich jetzt im Kristallkabinett. Es war etwas größer als ein gewöhnlicher Wandschrank und vollkommen mit schwarzem Samt ausgekleidet. Zunächst blieb er eine Zeitlang stehen, bis seine Augen sich an die Dunkelheit gewöhnt hatten und er die unheilvoll faszinierende Kristallkugel erkannte, die, kaum wahrnehmbar, aus sich selbst heraus zu leuchten schien. Sie stand auf einem Sokkel, der ebenfalls mit schwarzem Samt verhüllt war.

Varick kannte den Raum; er hatte hier schon viele Stunden verbracht. Er ließ sich auf einen Sessel vor dem Sockel fallen, stützte den Kopf in die Hände und starrte in die leuchtende Tiefe der Kugel. Furchtlos verharrte er so ein paar Minuten, während ihm die chaotischsten Gedanken durch den Kopf schossen.

Nach einer Weile bemerkte er eine Veränderung in der Kugel. Sie schien plötzlich in einem eigenartigen Licht zu glühen, dann wurde sie vollkommen schwarz und aus dieser Dunkelheit kristallisierten sich allmählich undeutliche Schemen heraus, für die er keine Erklärung hatte. Schließlich hatte er das Empfinden, als lüftete sich ein Schleier, denn die Kugel wurde immer heller und er beugte sich, erwartungsvoll und ängstlich zugleich, nach vorne. Dann schmolz der letzte Schleier und die Kugel erstrahlte in schimmerndem Glanz.

Jetzt konnte Varick auch einzelne Details ausmachen. Dort drüben erkannte er einen Schreibtisch, auf dem stapelweise Bücher und Papiere lagen, dort einen Sessel und das da hinten, war das nicht ein Kaminsims? Mittlerweile war das Licht so hell, daß ihn die Augen schmerzten, aber er ließ sich nicht beirren. Doch von einer Sekunde auf die andere schien es noch einmal aufzuleuchten und jetzt sah er alle Dinge klar und deutlich. Er betrachtete sie eine Zeitlang ungläubig: dies war ein Arbeitszimmer – sein Arbeitszimmer –, meilenweit entfernt in seiner Wohnung!

Es lief ihm kalt über den Rücken, aber er nahm sich zusammen, preßte die Zähne aufeinander und wandte den Blick nicht ab. Allmählich lösten sich die Umrisse der Kristallkugel auf und als sie ganz verschwunden waren, konnte er mehr beobachten. Da öffnete sich eine Tür und ein Mann trat in den Raum, den er vor sich sah. Varick schnappte nach Luft, als er ihn erkannte. Es war er selbst! Er beobachtete den Mann, sich selbst, wie er zuerst eine Zeitlang ziellos durch das Zimmer wanderte, so, als sei er sehr bedrückt und sich schließlich auf einen Stuhl am Schreibtisch fallen ließ. Im Gesicht dieses unfaßlichen Phänomens spiegelten sich deutlich die gleichen unheimlichen Gefühle, die Varick gerade selbst durchlebte. Dann machte dieser Mann, er selbst, eine hilflose Gebärde, legte die Arme auf den Tisch und ließ den Kopf darauf sinken. Varick schauderte.

Eine sehr lange Zeit, so schien es, saß der Mann reglos da. Und dann bemerkte Varick plötzlich eine andere

Gestalt, einen Mann, die durch seinen eigenen Blickwinkel in die Vision eingedrungen zu sein schien. Das Gesicht war abgewandt, daher konnte Varick es nicht erkennen, aber er sah etwas anderes und das jagte ihm einen Schauer über den Rücken. Der Unbekannte hielt ein Messer in der Hand und schlich sich verstohlen an die ahnungslose Gestalt heran.

Ein unverständlicher Schrei entfuhr seinen farblosen Lippen, ein Schrei, der sie warnen sollte, als er den Unbekannten näher kommen sah, näher, immer näher auf sie – auf sich – zu. Er sah, wie sich die Gestalt im Sessel rührte und dann, wie der Unbekannte sich mit einem Satz auf sie stürzte. Das hoch erhobene Messer stieß herab und drang bis zum Heft in den Körper ein. Wieder entfuhr Varick ein unartikulierter Aufschrei; sein Herz schlug bis zum Hals und der Schweiß rann ihm in Strömen über das Gesicht. Unzusammenhängend vor sich hinstammelnd fiel er vornüber und blieb hilflos liegen.

Wie lange er so dagesessen hatte, konnte er nicht sagen, aber schließlich bezwang er sich und warf noch einen Blick in die Kugel. Das Glas funkelte kalt auf seinem samtschwarzen Sockel, doch all die schrecklichen Dinge von vorhin waren verschwunden. Einen Moment dachte er daran, sie zurückzurufen, um mehr zu sehen, doch Widerwille und Angst ließen ihn davor zurückschrecken. Statt dessen stand er auf und stolperte aus dem Kabinett. Sein Gesicht war schreckensbleich und er rang nervös die Hände.

Jadeh lag noch immer schluchzend auf dem Diwan. Als er ins Zimmer trat, sprang sie auf, doch als sie ihm in die Augen schaute, wußte sie Bescheid. Wieder vergrub sie das Gesicht in den Händen und ließ ihren Tränen freien

Lauf. Adhem stand daneben und betrachtete schwermütig den großen Gott Budd.

»Ich habe es gesehen und ich verstehe«, preßte Varick zwischen den Zähnen hervor. »Aber… ich glaube es nicht.«

»Die Kugel lügt niemals, Sahib«, versicherte der Wahrsager traurig.

»Aber es kann nicht sein, daß …«

»Seien Sie vorsichtig, Sahib, oh bitte, seien Sie vorsichtig«, drängte ihn die junge Frau.

»Natürlich bin ich vorsichtig«, antwortete Varick knapp. Dann wandte er sich plötzlich an Adhem und seine Stimme klang drohend.

»Hast du so etwas schon einmal erlebt?«

»Nur einmal, Sahib.«

»Und hat es sich erfüllt?«

Adhem senkte langsam den Kopf.

»Vielleicht komme ich morgen wieder«, erklärte Varick abrupt. »Hier drin erstickt man ja. Ich brauche frische Luft.«

Mit zittrigen Händen warf er sich seinen leichten Mantel über die Schultern, griff nach dem Hut und eilte hinaus auf die Straße – zurück in die Welt der Realität. Der Wahrsager sah ihm einen Augenblick lang nach, während Jadeh seinen Arm nahm und sich zitternd an ihn preßte.

»Alles kommt so, wie die Götter es sagen«, seufzte er traurig.

Professor Augustus S. F. X. van Dusen, die Denkmaschine, begrüßte Howard Varick im kleinen Empfangszimmer und bat ihn, Platz zu nehmen. Varicks Gesicht war aschfahl, dunkle Ringe lagen unter seinen Augen, in denen sich ein unbeschreibliches Grauen spiegelte. Jede seiner Bewegungen verriet nackte Angst. Die Denkmaschine blinzelte ihn neugierig an und lehnte sich bequem im Sessel zurück.

Minutenlang brachte Varick kein Wort heraus. Anscheinend versuchte er mit allen Kräften, seine Beherrschung wiederzufinden. Doch dann brach es doch aus ihm heraus: »Ich werde an einem ganz bestimmten Tag der nächsten Woche sterben. Gibt es eine Möglichkeit, dies zu verhindern?«

Die Denkmaschine wandte ihm den großen blonden Kopf zu und schaute ihn beinahe überrascht an.

»Wenn Sie es sich natürlich in den Kopf gesetzt haben«, erwiderte er irritiert, »wüßte ich nicht, was man dagegen machen könnte.« Seine Stimme enthielt eine Spur von Ironie, eine gewisse Kälte, die Varick wieder etwas zu sich brachte. »Wie soll es denn vonstatten gehen?«

»Ich werde ermordet – rücklings niedergestochen – von einem Mann, den ich nicht kenne«, stieß Varick verzweifelt hervor.

»Meine Güte, meine Güte, wie schrecklich«, antwortete der Wissenschaftler. »Erzählen Sie mir davon. Aber zuerst, hier ...« Er stand auf und begab sich in sein Labor. Als er wiederkam, reichte er Varick ein Glas mit einer sprudelnden Flüssigkeit, die dieser in einem Zug herunterstürzte. »Kommen Sie erst mal wieder zu sich«, ordnete der Wissenschaftler an.

Er selbst setzte sich schweigend wieder hin und preßte die Spitzen seiner langen, schmalen Finger gegeneinander. Allmählich erholte sich Varick. Es war ein harter Kampf um die Kontrolle seiner Gefühle, aber er blieb siegreich.

»Also«, sagte die Denkmaschine schließlich. »Erzählen Sie.«

Varick schilderte so gut er konnte, was passiert war, und die Denkmaschine hörte höflich interessiert zu. Ein- oder zweimal wandte er sich um und betrachtete seinen Gast.

»Glauben Sie an die Kräfte der Psyche?« fragte Varick ihn einmal.

»Ich weigere mich, an etwas nicht zu glauben, bis ich bewiesen habe, daß es nicht sein kann«, gab der Wissenschaftler zurück. »Der Gott, der uns die Sonne in den Himmel gehängt hat, hat sicher noch mehr Dinge getan, die wir nie begreifen werden.« Er machte eine kleine Pause und setzte dann hinzu: »Wie haben Sie diesen Adhem Singh eigentlich kennengelernt?«

»Ich interessiere mich schon seit Jahren für die Psyche, für das Okkulte, für Dinge, die wir nicht verstehen«, gab Varick zur Antwort. »Ich besitze ein beträchtliches Vermögen, brauche nicht zu arbeiten, habe keine Verwandten und kann mir daher ein solches Hobby leisten. Ich habe das Okkulte, wenn auch recht oberflächlich, überall auf der Welt studiert. Adhem Singh lernte ich vor zehn Jahren in Indien kennen. Später traf ich ihn wieder, zuerst in Oxford, wo er mit meiner finanziellen Unterstützung die Universität besuchte und dann hier. Vor zwei Jahren überzeugte er mich endgültig davon, daß es mit dem Hellsehen etwas auf sich hat. Oder nennen Sie es Telepathie, Selbsthypnose, unterbewußte geistige Kräfte – wie Sie wollen. Seither hat mich diese Wissenschaft, und ich kann nun mal keine andere Bezeichnung dafür finden, bei jedem wichtigen Schritt in meinem Leben unterstützt.«

»Durch Adhem Singh?«

»Ja.«

»Und unter der Bedingung absoluten Schweigens, nehme ich an – das heißt, Schweigen über den Inhalt seiner Vorhersagen?«

»Ja.«

»Wissen Sie, ob es in Ihrer Familie eine Veranlagung zu Geistesgestörtheit gibt?«

Varick zögerte. Sollte er diese Frage als unverschämte Anmaßung oder als Bitte um Information auffassen? Er entschied sich für Letzteres.

»Nein, keine Spur davon, so weit ich weiß.«

»Wie oft haben Sie Mr. Singh um Rat gefragt?«

»Oh, oft. Manchmal konnte er mir nicht weiterhelfen, weil ihm, wie er es ausdrückte, die Kristallkugel nicht antwortete. Aber gelegentlich hat er mir ganz ausgezeichnete Tips gegeben. Er hat mich noch nie schlecht beraten, nicht einmal, wenn es um höchst komplizierte Börsenspekulationen ging. Daher war ich sicher, ihm in allen Angelegenheiten vertrauen zu können.«

»Sie sagen, Sie waren bis zum Dienstagabend, als Sie die Vision Ihres eigenen Todes hatten, nicht in der Lage, selbst etwas in der Kristallkugel zu erkennen?«

»Ja, das ist richtig. Es war das erste Mal.«

»Und woher wissen Sie, daß der Mord nächste Woche passieren soll?«

»Diese Information habe ich von Adhem Singh«, berichtete Varick. »Er kann die Visionen deuten. Ihm sagen sie mehr als mir ...«

»Mit anderen Worten, das ist sein Beruf?« unterbrach ihn der Wissenschaftler.

»Ja.«

»Fahren Sie fort.«

»Diese schreckliche Sache hat mich – uns beide – so mitgenommen, daß ich ihn nach diesem Abend noch zweimal bat, die Vision aufs neue zu beschwören. Er wollte, genau wie Sie, genauer wissen, wann es passieren würde. In meinem Arbeitszimmer hängt ein Wochenkalender, das heißt, man sieht immer nur eine Woche des Jahres vor sich. Das letzte Mal, als die Vision in der Glaskugel auftauchte, fiel Adhem dieser Kalender auf. Es war die Woche ab dem 21. dieses Monats, also ab nächsten Sonntag. Die einzige Folgerung, die er daraus ziehen konnte, war die, daß es nächste Woche passieren wird.«

Darauf stand die Denkmaschine auf und ging, in Gedanken versunken, im Zimmer auf und ab. Schließlich blieb er vor seinem Besucher stehen.

»Das Ganze ist mir vollkommen schleierhaft«, bemerkte er mit Nachdruck. »Wenn ich mich nicht irre, ist es das Unglaublichste, was ich je gehört habe.«

Varicks einzige Antwort bestand in einem beinahe dankbaren Blick.

»Sie halten es also nicht für unmöglich?« fragte er erwartungsvoll.

»Nichts ist unmöglich«, beschied ihn der andere barsch. »Mr. Varick, Sie sind also tatsächlich davon überzeugt, daß das, was Sie gesehen haben, gewissermaßen eine Prophezeiung war? Daß Sie auf diese Art und an diesem Ort sterben werden?«

»Ich kann nichts anderes glauben, ich kann einfach nicht«, entgegnete der andere verzweifelt.

»Und Sie haben keine Ahnung bezüglich der Identität Ihres zukünftigen Mörders, wenn ich mich mal so ausdrücken darf?«

»Nicht die geringste. Die Gestalt war mir gänzlich unbekannt.«

»Und Sie sind sich ganz sicher, Sie *wissen,* daß das Zimmer, das Sie in der Kristallkugel gesehen haben, Ihr Arbeitsraum war?«

»Daran besteht überhaupt kein Zweifel. Die Teppiche, die Möbel, die Schränke, die Bücher... all dies gehört mir.«

Wieder dachte der Professor einen Augenblick nach.

»In diesem Fall«, sagte er schließlich, »ist ja alles ganz einfach. Wollen Sie sich in meine Obhut begeben und versprechen, meinen Anweisungen strikt Folge zu leisten?«

»Ja.« Varicks Stimme klang jetzt hoffnungsvoll und eifrig.

»Dann werden wir versuchen, dem Schicksal ein Schnippchen zu schlagen«, erklärte der Wissenschaftler feierlich. »Ich weiß nicht, was geschehen wird, aber auf alle Fälle dürfte es interessant sein, das Unausweichliche, Vorherbestimmte, na, sagen wir, ein wenig aus der Bahn zu bringen, finden Sie nicht?« Mit einem seltsam spöttischen Ausdruck um den Mund begab sich die Denkmaschine ins Zimmer nebenan, nahm den Hörer des Telephons ab und wählte eine Nummer. Varick hörte weder einen Namen, noch verstand er, was gesprochen wurde; er vernahm nur das leise Murmeln der gereizten Stimme. Als der Wissenschaftler zurückkehrte, schaute er auf.

»Haben Sie irgendwelches Personal, einen Diener zum Beispiel?« fragte er.

»Ja, ich habe einen alten Hausdiener, aber er ist gerade in Frankreich – ich habe ihm Urlaub gegeben. Eigentlich brauche ich ihn nicht mehr, seit ich in diesem Apartmenthaus wohne. Es ist fast wie ein Hotel.«

»Ich nehme an, Sie haben nicht zufällig drei- bis viertausend Dollar bei sich?«

»Nein, so viel nicht«, antwortete Varick verblüfft. »Wenn es sich um Ihr Honorar handelt...«

»Ich nehme niemals Honorare«, belehrte ihn der Wissenschaftler. »Mein Interesse an diesen Dingen ist rein geistiger Natur. Es ist eine gute Übung für das Gehirn. Stellen Sie bitte einen Scheck über, sagen wir, viertausend Dollar aus, auf den Namen Hutchinson Hatch.«

»Wer ist das?« fragte Varick. Er erhielt keine Antwort. Also unterzeichnete er den Scheck und überreichte ihn dem Wissenschaftler ohne ein weiteres Wort.

Fünfzehn oder zwanzig Minuten später fuhr ein Taxi vor dem Haus vor. Hutchinson Hatch, Reporter und ein zweiter Mann, der sich als Philip Byrne vorstellte, traten ein. Während Hatch Varick die Hand schüttelte, verglich die Denkmaschine sie im Geist miteinander. Sie hatten fast dieselbe Größe und er nickte zufrieden mit dem Kopf.

»Und nun, Mr. Hatch, gehen Sie zur Bank, lösen Sie diesen Scheck ein und kommen Sie auf dem schnellsten Weg wieder hierher zurück. Und kein Sterbenswort zu irgend jemandem.«

Nachdem Hatch das Haus verlassen hatte, unterhielten sich Varick und Byrne über Politik, bis der Reporter mit dem Geld zurückkam. Die Denkmaschine nahm Hatch die Scheine ab, drückte sie Byrne in die Hand und wartete, bis der sie sorgfältig nachgezählt und in seiner Tasche verstaut hatte.

»Und jetzt, Mr. Varick, die Schlüssel zu Ihrer Wohnung, wenn ich bitten darf.«

Varick reichte sie ihm und der Wissenschaftler steckte sie ein. Dann sagte er:

»Ab sofort, Mr. Varick, heißen Sie John Smith. Sie werden verreisen, und zwar gleich, zusammen mit Mr. Byrne. Sie werden niemandem schreiben, weder Briefe, noch Postkarten, Sie werden keine Telegramme, Päckchen oder ähnliches verschicken, Sie werden nichts einkaufen, keine Schecks ausstellen, mit niemandem sprechen, niemanden wiedererkennen, nicht telephonieren oder auf andere Weise mit irgend jemandem Verbindung aufnehmen, nicht einmal mit mir. Und Sie werden alles befolgen, was Mr. Byrne Ihnen auferlegt.«

Während er aufmerksam zuhörte, wurden Varicks Augen immer größer.

»Aber meine Arbeit – meine Geschäfte?« protestierte er schwach.

»Es geht hier um Leben und Tod«, fertigte ihn die Denkmaschine schroff ab.

Einen Moment lang zögerte Varick. Er fühlte sich bevormundet wie ein kleines Kind.

»Wie Sie wollen«, sagte er schließlich.

»Nun, Mr. Byrne, Sie haben meine Anweisungen vernommen«, sagte van Dusen. »Ihre Pflicht ist es, dafür zu sorgen, daß sie durchgesetzt werden. Sie müssen diesen Mann und sich selbst für eine Weile verschwinden lassen. Bringen Sie ihn von hier weg. Das Geld sollte für die normalen Bedürfnisse reichen. Sobald Sie erfahren, daß man in Verbindung mit Morddrohungen im Fall Varick jemanden festgenommen hat, kommen Sie nach Boston zurück – mit ihm – und suchen mich auf. Das wäre alles.«

Mr. Byrne erhob sich mit einer professionellen Geste. »Gehen wir, Mr. Smith«, schlug er vor.

Varick folgte ihm und so verließen die beiden das Zimmer.

II

Dort drüben steht ein Schreibtisch, auf dem stapelweise Bücher und Papiere liegen, dort ein Sessel und das da hinten, ist das nicht ein Kaminsims? ... Da öffnet sich eine Tür und ein Mann tritt in den Raum ... eine Zeitlang wandert er ziellos durch das Zimmer, so, als sei er sehr bedrückt, läßt sich dann schließlich auf einen Stuhl am Schreibtisch fallen ... macht eine hilflose Gebärde, legt die Arme auf den Tisch und läßt den Kopf darauf sinken ... eine andere Gestalt im Zimmer ... schleicht sich mit erhobenem Messer in der Hand verstohlen auf den Ahnungslosen zu ... kommt näher und näher.

Dann ein blendender Blitz, ein Schwall von Flammen und Rauch, ein scharfes Klicken und durch den Nebel ertönt die ruhige Stimme des Reporters Hutchinson Hatch.

»Bleiben Sie bitte genauso stehen.«

»Die Aufnahme müßte gelungen sein«, sagte die Denkmaschine.

Als der Rauch sich verzog, sah er, daß Adhem Singh wie angewurzelt dastand und in den Lauf eines Revolvers starrte, den Hatch, der sich plötzlich vom Schreibtisch Varicks erhoben hatte, in der Hand hielt. Die Denkmaschine rieb sich kräftig die Hände.

»Aha, ich hatte mir doch gedacht, daß Sie es sind«, sagte er zu dem Wahrsager gewandt. »Legen Sie das Messer bitte hierhin. So ist es recht. Es wird Ihnen vielleicht unverschämt erscheinen, daß wir in dieser Art und Weise intervenieren, aber Sie wollten es einfach zu gut machen, Mr. Singh. Sie hätten Ihren guten Freund ja schließlich auch ohne diesen Firlefanz umbringen können.«

»Ich nehme an, daß ich verhaftet bin?« sagte Singh.

»Das sind Sie in der Tat«, bestätigte die Denkmaschine fröhlich. »Sie werden des versuchten Mordes an Mr. Varick beschuldigt. Und spätestens in einer halben Stunde sind auch Ihre Frau und Ihre Helfershelfer hinter Gittern.«

Er drehte sich zu Hatch um, der hinter ihm stand und übers ganze Gesicht grinste. Der Reporter dachte an die wunderbare Blitzlichtphotographie in seiner Kamera, die die Denkmaschine in den Händen hielt – das einzige Photo auf der Welt, soweit er wußte, daß einen Menschen bei einem versuchten Mordanschlag zeigte.

»Und jetzt, Mr. Hatch«, erklärte der Wissenschaftler, »werde ich Detective Mallory anrufen und ihn bitten, vorbeizukommen, um diesen Mann abzuholen. Außerdem soll er ein paar seiner Leute zum Haus von Mr. Singh schicken und alle Personen, die sich dort befinden, festnehmen lassen. Sollte er versuchen, zu fliehen, dann machen Sie von der Schußwaffe Gebrauch.«

Der Wissenschaftler verließ den Raum und Hatch widmete seine Aufmerksamkeit dem mürrischen Gefangenen. Er stellte ihm ein halbes Dutzend Fragen, als er jedoch auf keine einzige eine Antwort erhielt, gab er die Hoffnung auf. Nach einer Weile erschien Detective Mallory, der wie üblich, zurückhaltendes Staunen an den Tag legte und den Wahrsager abführen ließ.

Anschließend fuhren Hatch und die Denkmaschine zum Haus des angeblichen Hellsehers. Die Polizei war ihnen zuvorgekommen und hatte bereits vier Verdächtige verhaftet, unter ihnen auch die junge Frau Jadeh. Der zurückgelassene Wachtmeister ließ sie freundlicherweise eintreten und sie begaben sich direkt in das Kristallkabinett. Dort beugten sich beide über die schimmernde Kugel. Hatch zündete ein Streichholz an.

»Ich kann mir immer noch nicht erklären, wie er das gemacht hat«, meinte der Reporter, nachdem er die Glaskugel genauestens inspiziert hatte.

Die Denkmaschine antwortete nicht. Er war damit beschäftigt, die Kugel immer wieder von ihrem Sockel herunterzuheben, offensichtlich auf der Suche nach irgendeinem verborgenen Mechanismus. Dann tastete er zuerst über den Tisch und faßte dann sogar unter die Platte. Schließlich forderte er den Reporter auf, die Kristallkugel ganz langsam anzuheben und fühlte mit seinen schmalen Fingern darunter.

»Aha«, rief er, »hab ich's mir doch gedacht! Schlau, Mr. Hatch, wirklich schlau. Bleiben Sie doch mal einen Augenblick hier. Will sehen, ob ich das Ding in Gang bringe.«

Damit verschwand er und ließ Hatch im Dunkeln zurück. Der Reporter starrte in das Glas, bis ihm beinahe selber mulmig wurde, doch da flackerte plötzlich ein Licht in der Kugel auf, das zuerst kaum sichtbar gewesen war. Unversehens befand er sich wieder im Arbeitszimmer von Howard Varicks Wohnung, die doch, wie er genau wußte, meilenweit entfernt war. Während er noch gebannt darauf starrte, sah er, wie die Denkmaschine in der Kugel erschien und ihm mit beiden Armen zuwinkte. Bei diesem Anblick, der offensichtlich darauf abzielte, seine Aufmerksamkeit zu erregen, verlor der Reporter alle Furcht.

Am selben Abend noch brachte die Denkmaschine in Anwesenheit von Professor Mallory und Hatch Licht in die Angelegenheit.

»Scharlatanerie ist ein Luxus, der überall auf der Welt verbreitet ist und die Menschen Unsummen von Geld kostet«, begann er. »Sie hat ihren Ursprung, wie kann es anders sein, im finsteren Mittelalter. Damals klammerte sich der menschliche Geist verzweifelt an alle möglichen, greifbaren Bekundungen der Ewigen Macht und ließ sich, gerade wegen dieses übertriebenen Eifers, um so leichter befriedigen. Dies war die Stunde der Quacksalber, die bis in unsere Tage unter vielen Namen und Verkleidungen ihr Unwesen treiben. An diesem Zustand wird sich nichts ändern, solange die Aufklärung nicht Allgemeingut geworden ist und die Menschheit erkennt, wie absurd es ist, von der Natur oder anderen Kräften der Welt Aufschluß darüber zu erwarten, ob ihre Aktien steigen oder fallen werden. Schon der gesunde Sinn für Humor sollte uns davon überzeugen, daß die Geister der Verstorbenen Besseres zu tun haben, als zurückzukommen und Tische zu rücken, um irgendwelche dummen Fragen zu beantworten. In meinen Augen ist dies nichts anderes als eine schändliche Entweihung der Göttlichen Offenbarung.«

Hatch lächelte amüsiert über den Vortrag, während Detective Mallory ungeduldig an seiner Zigarre kaute. Er war gekommen, um mehr über das Verbrechen zu erfahren, mit dem er zu tun hatte, aber das hier ging über seinen Horizont.

»Doch dies sei hier nur vorab bemerkt«, fuhr die Denkmaschine nach einem Augenblick fort. Was nun den Fall der Kristallkugel betrifft, so tut hier meines Erachtens ein bißchen mehr Vernunft not, eine Spur von Logik. Als Mr. Varick mich aufsuchte, sah ich, daß er ein intelligenter Mann ist, der sich jahrelang mit dem sogenannten Okkulten beschäftigt hat. Gerade weil er intelligent ist, muß es nicht einfach gewesen sein, ihn zu täuschen und doch war er jahrzehntelang getäuscht worden. Daraus schloß ich, daß der Mann, der ihn betrog, mehr als nur ein gewöhnlicher Scharlatan war.

Nun war es so, daß Mr. Varick selbst noch nie zuvor in einer Kristallkugel etwas hatte sehen können – das wollen wir nicht vergessen. Und dann kam die ›Todesvision‹. Als ich dies erfuhr, wußte ich, daß die sogenannte ›Vision‹ ein Riesenschwindel war. Schon die Tatsache, daß er sie diesmal selber hatte sehen können, war der Beweis, aber die Quacksalberei war so raffiniert eingefädelt, daß er sich überzeugen ließ. Wir hatten es also mit einem Bluff zu tun. Warum? Ging es um Geld? Ich könnte mir vorstellen, daß Varick Adhem Singh für erfolgreiche Börsentips reich belohnt hat, aber die Vision seines Todes würde ihm kaum etwas einbringen. Wenn es also nicht um Geld ging, um was ging es dann?

Ein stichhaltiges Motiv zu finden, war nicht sonderlich schwer. Mr. Varick war ein wohlhabender Mann, er kannte Singh seit Jahren, war mit ihm befreundet, hatte ihn sogar finanziell unterstützt, als er die Oxford Universität besuchte. Er besaß weder Familie noch Angehörige. Es schien also durchaus wahrscheinlich, daß Singh durch das Testament oder auf andere Weise vom Tod Mr. Varicks profitieren würde. So ergab sich für die ›Vision‹ ein Motiv. Möglicherweise sollte sie ihn zu Tode erschrekken, denn es war nicht zu übersehen, daß er ein schwaches Herz hat. Ich selbst bemerkte es, als Mr. Varick mir zum erstenmal von der Vision erzählte und da war sie immerhin schon ein paar Tage her. Ich behielt meine Beobachtungen jedoch für mich. Hätte ich ihm damals gesagt, was ich vermutete, dann hätte er einer derart abenteuerlichen

Erklärung keinen Glauben geschenkt, denn er vertraute Singh. Wahrscheinlich wäre er geradewegs in den sicheren Tod gelaufen oder hätte tatsächlich einen Herzanfall erlitten, so wie Singh es beabsichtigt hatte.

Nachdem ich all dies wußte, bestand die Arbeit einfach darin, einem gerissenen Burschen das Handwerk zu legen. Nun ist es allgemein bekannt, daß der Verstand der Hindus auf seltsame Weise arbeitet. Ein Hindu liebt das Mystische, das Theatralische. Wenn Singh schon so weit gegangen war, eine komplette Todesvision auszuarbeiten, würde er mit Sicherheit auch versuchen, die Vision Wirklichkeit werden zu lassen. Er mußte natürlich davon ausgehen, daß Mr. Varick die Angelegenheit für sich behielt.

Varicks Leben zu retten, war nicht weiter schwierig. Wenn er wirklich zu einer bestimmten Zeit in einem bestimmten Raum ermordet werden sollte, mußte man ihn zu dieser Zeit nur möglichst weit von besagtem Raum fernhalten. Also rief ich Sie an, Mr. Hatch, und bat Sie, einen Privatdetektiv mitzubringen, auf den man sich hundertprozentig verlassen konnte. Sie entschieden sich für Mr. Byrne. Sie kennen die Anweisungen, die ich ihm gab. Es war absolut notwendig, Mr. Varicks Identität zu verschleiern.

Meine Regeln dienten vorrangig dem Ziel, zu verhindern, daß jemand auf die Idee kam, er könnte verreist sein und irgendwelche Nachforschungen anstellte. Nicht mal ich selber weiß, wo er sich momentan aufhält.

Sobald Mr. Varick in Sicherheit war, ließ ich Martha, meine Haushälterin, einen Brief an Mr. Singh schreiben, in dem sie ihm mitteilte, daß Mr. Varick krank sei und weder das Haus verlassen, noch Besuch empfangen könne. Sie erwähnte ein Datum, an dem Mr. Varick ihn anrufen würde und vergaß nicht, ihm mitzuteilen, daß sie ausgebildete Krankenschwester sei, die sich nur *tagsüber* bei Mr. Varick aufhielte. All diese Punkte verfolgten natürlich ein bestimmtes Ziel.

Nachdem auch dies erledigt war, war alles nur noch eine Frage der Geduld. Jeden Abend begab ich mich in Begleitung von Mr. Hatch in Mr. Varicks Wohnung – tagsüber hielt Martha sich dort auf, um eventuelle Fragen zu beantworten –, wo ich mich versteckte und auf den Mörder wartete. Mr. Hatch hat in etwa die Größe von Mr. Varick und wir behalfen uns zusätzlich noch mit einer Perücke. Was dann geschah, wissen Sie ja. Ich darf vielleicht noch hinzufügen, daß ich die Geschichte als das Unglaublichste bezeichnete, was ich je gehört hatte, als Mr. Varick sie mir erzählte. Er glaubte, daß ich damit die angebliche Vision meinte, und genau das hatte ich auch bezweckt. In Wirklichkeit meinte ich natürlich die ausgefeilte Methode, deren Mr. Singh sich bediente. Er hätte ihn viel einfacher mit einem Tropfen Gift oder etwas ähnlich Unaufwendigem töten können.«

Die Denkmaschine hielt inne, als wäre das alles.

»Aber die Kristallkugel?« fragte Hatch. »Wie funktionierte das? Wie kam es, daß ich Sie darin sah?«

»Dazu braucht man nur ein wenig Erfindungsgabe und ziemlich viel Geld«, antwortete die Denkmaschine. »So viel Geld, daß Singh sich eine weitaus größere Summe davon versprochen haben muß. Am besten läßt sich die Erzeugung der Vision als eine Variation des Prinzips der Camera obscura bezeichnen. Sie wurde mit verschiedenartigen Linsen und einer Unzahl von Spiegeln erzeugt und bedurfte der Unterstützung zweier weiterer Komplizen, die dann zusammen mit Jadeh in Singhs Haus festgenommen wurden.

Zuerst baute Singh in seinem Keller ein Zimmer auf, das bis in die kleinste Einzelheit mit dem Arbeitszimmer von Mr. Varick übereinstimmte. Selbst die Teppiche, die Bücher und die Tapeten waren identisch. Dort trainierten die beiden Männer die Mordszene, die Mr. Varick später zu sehen bekam. Natürlich waren sie verkleidet. Haben Sie schon einmal durch das falsche Ende eines Teleskops geschaut? Nun, die ursprüngliche Verkleinerung der Szene auf eine Größe, die anschließend auf einen kleinen Spiegel projiziert werden konnte, wurde nach diesem Prinzip erreicht. Von dem kleinen Spiegel verliefen dann diverse Leitungen mit einer Reihe von Linsen und Spiegeln durch das ganze Haus und führten die Reflektion dessen, was unten passierte, in das Kristallkabinett. Das Bild war jedoch so schemenhaft, daß man die Gestalten kaum unterscheiden konnte. Die Leitung verlief durch ein Bein des Sockels und dann durch Reflexion in die Kristallkugel.

Sie haben selbst gesehen, Mr. Hatch, wie ich die Kristallkugel mehrmals hochhob und vielleicht haben Sie auch das Klicken dabei gehört. Ich versuchte, herauszufinden, wie das Ding funktionierte. Als Sie die Kugel langsam hochhoben und ich darunter faßte, hatte ich des Rätsels Lösung. Im Sockel versteckt war ein kleiner Mechanismus eingebaut, der mit Samt verkleidet war. Dieser schloß sich automatisch zu einer festen Oberfläche, sobald die Kugel aufgehoben wurde und öffnete sich, wenn man sie wieder hinlegte. Auf diese Weise erreichte die Reflektion die Glaskugel, die sie nun zum letztenmal umkehrte und für den Betrachter sichtbar machte. Das scheinbare Aufflackern des Lichtes wurde ebenfalls von unten gesteuert. Man entfernte einfach mehrere Schichten von seidenen Tüchern vor der ersten Linse.«

»Alle Wetter«, rief Detective Mallory. »Das ist der ausgeklügelste Plan, der mir je zu Ohren gekommen ist!«

»Sie sagen es«, stimmte der Wissenschaftler zu. »Aber wir wissen natürlich nicht, wieviele Opfer Singh auf diese Art hereingelegt hat. Im Prinzip war jede ›Vision‹ machbar, man brauchte nur die Kulisse im Keller des Hauses zu verändern. Ich nehme an, daß das Ganze eine gewinnträchtige Investition war, denn es gibt mehr Esel auf dieser Welt, als man glaubt.«

»Welche Rolle spielte das Mädchen?« fragte Hatch.

»Das weiß ich auch nicht. Es ist hübsch – möglicherweise wurde es gebraucht, um eine bestimmte Art von Kunden anzulocken. Ich schätze, in Wirklichkeit war diese Jadeh Singhs Frau, nicht seine Schwester. Im Fall Varick spielte sie eine wichtige Rolle. Mit ihrer Hilfe konnte Singh der zugrunde liegenden Methode eine ziemlich große Überzeugungskraft verleihen.«

Wenige Tage später kehrte Howard Varick in Begleitung von Mr. Byrne wieder in die Stadt zurück. Die Denkmaschine stellte ihm nur eine Frage von Bedeutung.

»Wieviel Geld wollten Sie Singh hinterlassen?«

»Etwa zweihundertfünfzigtausend Dollar«, lautete die Antwort. »Es sollte dazu verwandt werden, unter seiner Leitung eine Forschungsstelle für psychische Kräfte aufzubauen. Wir hatten schon genau festgelegt, wie es angelegt werden sollte.«

Mittlerweile hat Mr. Varick das Interesse an okkulten Angelegenheiten verloren.

DAS RÄTSEL
DES GESTOHLENEN RUBENS

Matthew Kale verdiente fünfzig Millionen Dollar mit Achsenschmiere, ehe er anfing, die schönen Künste zu sammeln. Dies war nicht besonders schwierig: er besaß das Geld und Europa die alten Meister. Seine Einkaufsmethode war das Simpelste von der Welt. In der riesigen Galerie seines marmornen Palastes gab es ungefähr viertausend Quadratmeter freie Fläche auszufüllen und so kaufte er eben zirka viertausend Quadratmeter Kunst. Einiges war gut, manches passabel und vieles schlecht. Das Flaggschiff der ganzen Sammlung jedoch war ein Rubens, den er für fünfzigtausend Dollar in Rom erstanden hatte.

Kurz nachdem er seine Sammlung vervollständigt hatte, beschloß Kale, einige Umbauten in dem riesigen Saal, in dem die Bilder hingen, vornehmen zu lassen. Die Kunstwerke wurden abgehängt und mit dem Gesicht zur Wand im Ballsaal aufgestellt. Für die Dauer der Arbeiten zogen Kale und seine Familie sich in ein nahegelegenes Hotel zurück.

Hier lernte Kale kurz darauf Jules de Lesseps kennen. De Lesseps war ein typischer Franzose und zwar die Art Franzose, dessen Sprache einer gymnastischen Übung ähnelt. Er wirkte nervös, fahrig und lebhaft. Eines

Tages vertraute er Kale an, daß er nicht nur selber male, sondern auch ein großer Kenner und Liebhaber der schönen Künste sei. Kale, der seinerseits aus dem Stolz auf seinen Besitz keinen Hehl machte, scheute keine Mühe, Lesseps mit einer Führung durch seine Privatsammlung zu beehren. Sie fand im Ballsaal statt. Das Entzücken des wahren Künstlers spiegelte sich in den Augen des Franzosen wieder, wenn er ein gutes Bild in der Hand hielt. Andere entlockten ihm ein Lächeln, aber es war ein nachsichtiges Lächeln.

Kale ließ es sich nicht nehmen, eigenhändig den kostbaren Rubens aufzuheben und ihn dem staunenden Franzosen unter die Nase zu halten. Es war eine Madonna mit Kind, eine dieser wunderschönen Werke, die den Glanz und die Farbenpracht früherer Zeiten bewahrt haben. Kale war ein wenig enttäuscht, denn Lesseps schien nicht sonderlich beeindruckt von dem Gemälde.

»Hören Sie, es ist ein Rubens!« erklärte er.

»Ja, ich weiß«, antwortete de Lesseps.

»Hat mich fünfzigtausend Dollar gekostet.«

»Wahrscheinlich liegt sein tatsächlicher Wert sogar noch darüber«, bemerkte der Franzose achselzuckend und wandte sich ab.

Kale warf ihm einen gekränkten Blick zu. Hatte de Lesseps vielleicht nicht verstanden, daß es ein Rubens und daß Rubens ein Maler war? Oder hatte er etwa überhört, daß ihn das Bild fünfzigtausend Dollar gekostet hatte? Kale war es gewohnt, daß die Leute ungläubig den Kopf schüttelten und die Augen aufrissen, wenn er von fünfzigtausend Dollar sprach. Schließlich fragte er:

»Gefällt es Ihnen nicht?«

»Doch, sehr gut«, antwortete de Lesseps, »aber ich habe

es schon einmal gesehen. Es war in Rom, etwa eine Woche, ehe Sie es kauften.«

Sie durchstöberten in aller Ruhe die restlichen Bilder, bis de Lesseps am Ende ein Whistler auffiel. Es war ein Stück aus der berühmten Thames-Serie, ein Aquarell. De Lesseps' Gesicht leuchtete auf vor Erregung. Mehrmals schaute er von dem Aquarell zum Rubens und wieder zurück, so als wollte er im Geiste das vortrefflich gezeichnete und kolorierte moderne Kunstwerk mit der kühnen, vollendeten Technik des alten Meisters vergleichen.

Kale interpretierte sein Schweigen falsch. »Ich selber halte auch nicht so viel von diesem da«, erklärte er entschuldigend. »Es ist ein Whistler, gewiß, und ich habe fünftausend Dollar für ihn hingelegt. Irgendwie mußte ich ihn einfach haben, aber trotzdem ist er nicht gerade das, was mir wirklich gefällt. Was halten Sie denn davon?«

»Ich finde, er ist einfach wunderbar«, gab der Franzose begeistert zur Antwort. »Er ist die Essenz, die Krönung der modernen Kunst. Ich frage mich, ob es vielleicht möglich wäre«, und damit drehte er sich zu Kale um, »daß ich davon eine Kopie anfertige? Ich besitze selber etwas Talent und traue mir zu, eine halbwegs passable Kopie davon anzufertigen.«

Kale fühlte sich geschmeichelt. Seine Bewunderung für das Gemälde wuchs von Minute zu Minute. »Aber natürlich«, rief er, »ich lasse es Ihnen auf das Hotelzimmer bringen und Sie ...«

»Nein, nein«, unterbrach ihn de Lesseps hastig. »Ich würde es nicht wagen, die Verantwortung dafür zu übernehmen. Denken Sie nur an die Gefahr eines Hotelbrandes! Wenn Sie mir jedoch gestatten würden, hierherzukommen ... der Raum ist groß, luftig und hell und außerdem ist es ruhig hier ...«

»Ganz, wie Sie wollen«, erklärte Kale großzügig. »Ich dachte nur, für Sie wäre es andersherum angenehmer.«

De Lesseps trat ein paar Schritte auf ihn zu und legte eine Hand auf den Arm des Millionärs. »Mein lieber Freund«, sagte er ernst. »Wenn diese Bilder mir gehörten, würde ich nie das Risiko eingehen, daß sie Schaden nähmen, nur um jemandem einen Freundschaftsdienst zu erweisen. Ich möchte behaupten, daß diese Sammlung, so wie sie hier steht, einen Wert von ...«

»Sechshundertsiebenundachtzigtausend Dollar«, platzte Kale heraus.

»Aber sie wird doch während Ihrer Abwesenheit hier im Haus gut bewacht, hoffe ich?«

»Solange die Handwerker mit den Renovierungsarbeiten beschäftigt sind, laufen im ganzen Haus mindestens zwanzig Dienstboten herum«, prahlte Kale. »Drei davon haben nichts anderes zu tun, als diesen Raum zu bewachen. Niemand kann ihn betreten oder verlassen, es sei denn, durch die Tür, durch die wir eben gekommen sind. Alle anderen Zugänge sind fest verriegelt. Und ohne meine ausdrückliche Erlaubnis oder eine von mir unterschriebene Genehmigung kommt sowieso niemand auch nur in die Nähe des Ballsaales. Nein, nein, aus diesem Raum kann wohl niemand unbemerkt etwas entwenden.«

»Vortrefflich, ganz vortrefflich«, sagte de Lesseps bewundernd. »Ich gestehe, ich habe verkannt, was für ein weitsichtiger Geschäftsmann Sie sind.« Damit drehte er sich um und warf einen Blick über die Sammlung. »Ein gerissener Dieb jedoch würde das wertvollste Gemälde, den Rubens beispielsweise, aus dem Rahmen schneiden, aufrollen, unter dem Mantel verstecken und damit entwischen!«

Kale lachte amüsiert und schüttelte den Kopf.

Ein paar Tage später, im Hotel, brachte de Lesseps die Sprache wieder auf den Whistler. Er war voll des Dankes, als Kale sich bereit erklärte, ihn persönlich zum Haus zu begleiten und die Vorbereitungen für die Arbeit mitanzusehen. An der Tür zum Ballsaal blieben sie stehen.

»Jennings«, sagte Kale zu dem Diener in Livree, der dort seinen Dienst versah. »Das ist Mr. de Lesseps. Er darf kommen und gehen, wann er will. Er wird hier im Ballsaal arbeiten. Bitte sorgen Sie dafür, daß er nicht gestört wird.«

Nachdem sie eingeteten waren, bemerkte de Lesseps, daß der Rubens, achtlos gegen einige andere Bilder gelehnt, auf dem Boden stand. »Also wirklich, Mr. Kale«, protestierte er, »dieses Bild ist viel zu wertvoll, um es so zu behandeln. Wenn Ihre Diener mir einige Decken bringen wollen, werde ich es darin einwickeln und hier auf den Tisch legen. Stellen Sie sich vor, es gäbe Mäuse in diesem Raum!«

Kale dankte ihm. Er gab die notwendigen Anweisungen und dann wickelten sie gemeinsam das Gemälde sorgfältig ein und plazierten es außerhalb der Gefahrenzone auf dem Tisch. Anschließend stellte de Lesseps seine Staffelei und seinen Hocker auf, packte Leinwand und Farben aus und machte sich an die Arbeit. Zu diesem Zeitpunkt verließ ihn Kale.

Drei Tage später kam er zufälligerweise wieder vorbei und fand den Künstler noch immer in sein Werk vertieft.

»Ich wollte nur mal kurz vorbeischauen«, erklärte er.

»Wollte sehen, wie weit die Handwerker sind. Die Arbeiten werden wohl in einer Woche abgeschlossen sein. Ich hoffe, ich störe Sie nicht.«

»Ganz im Gegenteil«, erwiderte de Lesseps, »ich bin so gut wie fertig. Sehen Sie selbst...«, und damit drehte er die Staffelei so, daß Kale das Bild sehen konnte.«

Der Millionär schaute von ihm zum Original, das auf einem Stuhl in der Nähe stand und in seinen Augen spiegelte sich aufrichtige Bewunderung für die Meisterschaft des Künstlers. »Das ist ja großartig!« rief er. »Es ist genauso gut wie das Original und ich wette, daß Sie keine fünftausend Dollar dafür haben wollen, wie?«

Ansonsten wurde das Gemälde nicht weiter erwähnt. Kale machte einen einstündigen Rundgang durch das Haus, kehrte wieder in den Ballsaal zurück, wo der Künstler gerade dabei war, seine Ausrüstung einzupakken und ging mit ihm zurück zum Hotel. Der Maler trug, locker aufgerollt, unter dem Arm seine Kopie des Whistler.

Eine Woche später hatten die Handwerker ihre Arbeiten am Haus beendet und verließen den Ort. De Lesseps bot sich an, beim Aufhängen der Bilder behilflich zu sein und Kale war froh, die Angelegenheit einem Fachmann anvertrauen zu können. Es war am Nachmittag des ersten Tages, an dem diese Arbeit in Angriff genommen worden war, als de Lesseps, der sich gerade angeregt mit Kale unterhielt, die Decken zurückschlug, in die der Rubens eingewickelt worden war. Plötzlich hielt er mit einem Ausdruck des Entsetzens inne. Das Gemälde war verschwunden, der Rahmen leer. Ein winziger Fetzen Leinwand an der Innenkante des Rahmens ließ erkennen, daß ein scharfes Taschenmesser benutzt worden war, um das Gemälde einfach herauszuschneiden.

Wenig später hörte Professor S.F.X. van Dusen, die Denkmaschine, von diesem Vorfall. Es war nur ein Tag, nachdem Kale in Detective Mallorys Büro in der Polizeistation gestürzt war und den Diebstahl seines Rubens angezeigt hatte. Er hatte mit der Faust auf den Schreibtisch des Polizeibeamten gehämmert und gebrüllt:

»Fünfzigtausend Dollar habe ich dafür hinblättern müssen! Unternehmen Sie endlich etwas! Was starren Sie mich so an?« Er war ganz außer sich gewesen vor Empörung.

»Nur die Ruhe, Mr. Kale«, hatte ihn der Detective beschwichtigt. »Ich werde meine Leute sofort an die Arbeit schicken, um den ... den ... was ist das überhaupt, ein Rubens?«

»Es ist ein Bild!« hatte Mr. Kale getobt. »Ein Stück Leinwand mit was Farbe drauf und es hat mich fünfzigtausend Dollar gekostet – vergessen Sie das nicht!«

Und so wurde die Polizeimaschinerie in Gang gesetzt, um das Gemälde wiederzubeschaffen. Gerade noch rechtzeitig fiel die Sache dem wachsamen Auge des Reporters Hutchinson Hatch auf. Er brachte die Fakten, die dem Diebstahl vorangegangen waren, in Erfahrung und stattete dann de Lesseps einen Besuch ab. Er traf den Künstler in einem Zustand hochgradiger Erregung an, die schon fast an Hysterie grenzte. Eine kurze Andeutung, was den Grund seines Besuches anging, und der Mann brach in einen ganzen Redeschwall aus.

»*Mon dieu*! Es ist unfaßbar! Was soll ich machen? Ich war der einzige, der sich tagelang in dem Raum aufgehalten hat! Ich war derjenige, der sich so viel Mühe gegeben hat, das Bild sorgfältig einzuwickeln! Und jetzt ist es weg! Der Verlust – nicht auszudenken! Was soll ich machen?«

Das wußte Hatch auch nicht so recht, also ließ er ihn einfach weiterreden. »Wenn ich richtig verstanden habe, Mr. de Lesseps«, unterbrach er ihn schließlich, »hat niemand außer Ihnen und Mr. Kale den Ballsaal betreten, solange Sie dort gearbeitet haben?«

»Niemand.«

»Und ich glaube, Mr. Kale erwähnte, daß Sie eine Kopie eines berühmten Aquarells anfertigten, nicht wahr?«

»Ja, eine Thames-Szene. Von Whistler. Sie hängt dort drüben über dem Kamin.«

Hatch warf einen bewundernden Blick auf das Bild. Es war eine gelungene Kopie, die den geübten Pinselstrich eines Mannes verriet, der selber außerordentliche Fähigkeiten auf dem Gebiet der Malerei besaß.

De Lesseps blieb die Anerkennung in den Augen des Reporters nicht verborgen. »Es ist nicht schlecht«, sagte er bescheiden. »Ich habe bei Carolus Duran studiert.«

Mit allem, was er in Erfahrung gebracht hatte und dieser kleinen Information, der der Reporter keine allzu große Bedeutung beimaß, wurde die gesamte Angelegenheit der Denkmaschine unterbreitet. Dieser erstaunliche Mann hörte sich das Ganze von Anfang bis Ende an, ohne den Reporter zu unterbrechen.

»Wer hatte sonst noch Zutritt zum Ballsaal«, fragte er.

»Das versucht die Polizei gerade zu ermitteln«, sagte Hatch. »Jedenfalls laufen im ganzen Haus ein paar Dutzend Dienstboten herum und ich glaube, daß ungeachtet der strengen Anweisungen Kales, manches doch lascher gehandhabt wurde, als er glaubte.«

»Das macht die Sache natürlich komplizierter«, sagte die Denkmaschine mit dieser gereizten Stimme, die ein so wesentliches Merkmal seiner Persönlichkeit war. »Vielleicht ist es das beste, wenn wir selbst zu Mr. Kale hinausfahren und Untersuchungen vor Ort anstellen.«

Kale empfing sie mit jener Zurückhaltung, die alle wohlhabenden Menschen an den Tag legen, wenn sie mit Vertretern der Presse zu tun haben. Doch musterte er die kleingewachsene Gestalt des Wissenschaftlers mit offensichtlicher Neugier, als dieser ihm den Grund ihres Besuches offenbarte.

»Ich glaube, Sie werden nicht allzu viel ausrichten können« bedauerte der Millionär, »die Polizei hat sich des Falles angenommen.«

»Ist Mr. Mallory bereits im Haus?« fragte die Denkmaschine höflich.

»Ja, er untersucht gerade die Quartiere des Dienstpersonals.«

»Dürften wir vielleicht den Saal sehen, aus dem das Gemälde entwendet wurde?« bat der Wissenschaftler mit weicher Stimme, die Hatch nur allzu gut kannte.

Kale gewährte ihnen mit einer Handbewegung die Erlaubnis und führte sie selbst in den Ballsaal, wo die Bilder aufbewahrt worden waren. Die Denkmaschine stellte sich etwa in die Mitte des Raumes und prägte sich alles gut ein. Die Fenster waren hoch. Ein halbes Dutzend Türen führten hinaus zum Korridor und zum Wintergarten. Stille Erker und Nischen boten unzählige Möglichkeiten des Zugangs. Nach diesem langen, prüfenden Blick trat die Denkmaschine an den Tisch und nahm den Rahmen in die Hand, aus dem der Rubens herausgeschnitten worden war. Er untersuchte ihn sorgfältig. Dann wandte er sich wieder an Mr. Kale.

»Wie gut kennen Sie Mr. de Lesseps?«

»Ich habe ihn erst vor etwa einem Monat kennengelernt. Wieso fragen Sie?«

»Hatte er ein Empfehlungsschreiben dabei oder war Ihre Bekanntschaft eher zufälliger Natur?«

Kale musterte ihn mit sichtlichem Mißvergnügen. »Meine persönlichen Angelegenheiten haben mit dieser Sache nichts zu tun«, betonte er. »Mr. de Lesseps ist eine integre Pesönlichkeit und bestimmt der Letzte, den ich verdächtigen würde, etwas mit dem Diebstahl des Bildes zu tun zu haben.«

»Das ist meistens der Fall«, bemerkte die Denkmaschine kurz. Er wandte sich an Hatch. »Wie gut ist eigentlich die Kopie, die er von Whistlers Aquarell angefertigt hat?«

»Leider habe ich das Original nie gesehen«, antwortete Hatch. »Aber seine Kopie ist superb. Vielleicht wäre Mr. Kale so freundlich, uns das Original ...«

»Oh, natürlich«, sagte Kale resignierend. »Kommen Sie. Es hängt in der Galerie.«

Hatch schaute sich das Bild genau an. »Ich würde sagen, daß diese Kopie dem Original aufs Haar gleicht«, lautete sein Urteil. »Natürlich müßte ich beide Bilder nebeneinander sehen, um mir ein endgültiges Urteil erlauben zu können, aber das ändert nichts daran, daß die Kopie ein gelungenes Kunstwerk ist, das durchaus für sich stehen kann.«

In dem Moment teilten sich die Vorhänge einer großen Tür, die fast gegenüber von ihnen war und Detective

Mallory trat ein. Er hielt etwas in der Hand, doch als er sie sah, versteckte er es schnell hinter seinem Rücken. Ein kaum zu unterdrückender Triumph strahlte aus seinem Gesicht.

»Ah, Professor. In letzter Zeit laufen wir uns aber häufig über den Weg, wie?« begrüßte er den Wissenschaftler.

»Dieser Reporter hier und sein Freund scheinen de Lesseps in die Angelegenheit hineinziehen zu wollen«, beklagte sich Kale bei dem Detective. »Dagegen verwahre ich mich ganz ausdrücklich. Der bringt es fertig und druckt so etwas in seiner Zeitung. Wäre ja nicht das erste Mal!«

Die Denkmaschine starrte ihm einen Augenblick unerschütterlich in die Augen und streckte dann seine Hand zu Mallory aus. »Wo haben Sie das gefunden?«

»Tut mir leid, wenn ich Sie enttäuschen muß, Professor«, sagte der Detective sarkastisch, »aber diesmal sind Sie ein bißchen spät dran.« Und damit zog er den Gegenstand, den er hinter dem Rücken verborgen hatte, hervor. »Hier ist Ihr Gemälde, Mr. Kale.«

Kale seufzte überrascht und erleichtert zugleich und griff mit beiden Händen nach der Leinwand, um sie zu untersuchen. »Vortrefflich!« sagte er zu dem Inspektor gewandt. »Ich werde dafür Sorge tragen, daß Ihr Engagement belohnt wird. Schließlich hat mich das Ding fünfzigtausend Dollar gekostet.«

Die Denkmaschine beugte sich vor und warf einen Blick auf den rechten, oberen Rand der Leinwand. »Wo haben Sie das gefunden?« wiederholte er.

»Eingerollt auf dem Boden einer Truhe, im Zimmer eines der Dienstboten«, erklärte Mallory. »Er heißt Jennings. Wir haben ihn verhaftet.«

»Jennings!« rief Kale aus. »Unmöglich! Der ist doch schon seit Jahren bei uns.«

»Hat er schon gestanden?« fragte der Wissenschaftler gelassen.

»Natürlich nicht«, antwortete Mallory. »Er sagt, daß es einer von den anderen Dienern gewesen sein muß, der das Bild in seinem Zimmer versteckt hat.«

Die Denkmaschine nickte Hatch zu. »Ich glaube, das wäre vorläufig alles«, sagte er. »Meine Glückwünsche, Mr. Mallory. Offenbar haben Sie die Angelegenheit rasch und zu aller Zufriedenheit gelöst.«

Zehn Minuten später nahmen sie einen Wagen und fuhren zum Haus des Wissenschaftlers. Hatch war ein wenig bekümmert über den unerwarteten Ausgang der Affäre und saß eine Zeitlang gedankenverloren da.

»Hin und wieder zeigt Mallory ja tatsächlich einen Funken Intelligenz, nicht wahr?« meinte er schließlich sarkastisch.

»Nicht, daß mir das je aufgefallen wäre«, wandte der Wissenschaftler ein.

»Immerhin hat er das Bild gefunden«, beharrte der Reporter.

»Natürlich hat er es gefunden. Deshalb lag es ja da – damit er es findet.«

»Damit er es findet ...«, wiederholte der Reporter. »Hat Jennings das Bild dann nicht gestohlen?«

»Wenn er es gestohlen hat, dann ist er ein Trottel.«

»Aber wenn er es nicht war, wer hat es dann dorthin gelegt?«

»De Lesseps.«

»De Lesseps!« wiederholte Hatch. »Warum zum Teufel sollte er ein fünfzigtausend Dollar teures Bild stehlen und dann in der Truhe eines Dienstboten verstecken, wo es unweigerlich gefunden wird?«

Die Denkmaschine warf sich auf seinem Platz herum und blinzelte ihn einen Augenblick lang verärgert an. »Zuweilen, Mr. Hatch, kann man über Ihre Dummheit nur noch staunen«, sagte er offen. »Ich kann verstehen, wenn ein Mensch wie Mallory versagt, aber Sie habe ich stets für einen klugen Mann von hoher Intelligenz gehalten.«

Hatch beantwortete diesen Vorwurf mit einem Lächeln. Es war nicht das erste Mal, daß er sich so etwas anhören mußte. Das Problem an sich wurde jedoch nicht mehr angesprochen, bis sie am Haus des Professors angekommen waren.

»Die einzige echte Frage, vor der ich jetzt stehe, ist die, ob ich mir überhaupt noch die Mühe machen soll, Mr. Kales Bild wiederzubeschaffen oder nicht«, sagte die Denkmaschine nachdenklich. »Er selbst ist völlig zufrieden und wird den Unterschied wahrscheinlich nie bemerken, aber ... «

Plötzlich ging Hatch ein Licht auf. »Großer Gott!« rief er. »Wollen Sie etwa sagen, daß das Bild, das Mallory gefunden hat, eine ...«

»... eine Fälschung des Originals ist«, fiel ihm die Denkmaschine ins Wort. »Ich persönlich verstehe ja nicht allzu viel von Kunst, daher bin ich auch nicht in der Lage, durch bloßes Anschauen allein zu beurteilen, ob es sich um eine Kopie handelt oder nicht. Aber da hilft uns die Logik weiter, Hatch, einfache Logik! Als das Original aus dem Rahmen geschnitten wurde, rutschte das Messer am rechten, oberen Rand ein wenig ab – ich erkannte dies an einem Fetzen Leinwand im Rahmen. Das Bild, das Mallory fand, stimmte jedoch in diesem Detail nicht mit dem Tuch im Rahmen überein. Die Schlußfolgerung liegt auf der Hand.«

»Und de Lesseps hat das Original?«

»De Lesseps hat das Original. Wie er es angestellt hat? Nun, dafür gibt es Dutzende von Möglichkeiten. Er kann es zusammengerollt und unter der Jacke versteckt haben. Er kann mit einem Komplizen zusammengearbeitet haben, obwohl ich daran zweifele, daß ihm die herkömmlichen Methoden des Diebstahls zugesagt hätten. Ich halte ihn für einen schlauen Burschen, aber das ist wohl verständlich bei diesem Fall.

So bat er zum Beispiel um die Erlaubnis, den Whistler zu kopieren. War es ein Zufall, daß er die gleichen Maße hatte wie der Rubens? Kale entsprach seiner Bitte. De Lesseps kopierte das Bild nun sozusagen unter Aufsicht, denn er mußte praktisch jeden Augenblick damit rechnen, daß Mr. Kale persönlich vorbeikam, um im Haus nach dem Rechten zu sehen. Er brauchte drei Tage, um die Kopie anzufertigen – jedenfalls behauptete er das. Er war die meiste Zeit allein im Raum. Er wußte, daß Mr. Kale nicht die leiseste Ahnung von Kunst hat. Was wäre also einfacher gewesen, als in dieser Zeit auch noch den Rubens zu kopieren? Es wäre zum Beispiel denkbar, daß er ihn aus dem Rahmen geschnitten hat, kurz nachdem er ihn so offensichtlich besorgt in Decken eingewickelt und auf dem Tisch plaziert hatte. Dann hat er ihn irgendwo in die Nähe gestellt, vielleicht zwischen die anderen Bilder, wo er ihn schnell zudecken konnte, falls er gestört wurde. Bedenken Sie: das Bild ist fünfzigtausend Dollar wert; der Aufwand hätte sich zweifellos gelohnt.

De Lesseps ist Künstler, wie wir wissen. Es fiel ihm

daher nicht schwer, einen Menschen wie Kale, der von Kunst nicht das Geringste versteht, zu täuschen. Wir müssen also annehmen, daß er die Fälschung des Rubens als eine Art von falscher Spur gelegt hat, um genug Zeit zu haben, sich mit dem Original auf und davon zu machen. Sie haben ja selber gesehen, daß Mallory den Unterschied nicht bemerkt hat und de Lesseps konnte davon ausgehen, daß auch Mallory keinen Verdacht schöpfen würde. Die einzige Gefahr, die er in Kauf nehmen mußte, war die, daß ein Kritiker oder Kunstkenner die Fälschung zu Gesicht bekam, ehe er sich in Sicherheit bringen konnte. Das volle Ausmaß seiner Dreistigkeit wird ersichtlich, wenn man bedenkt, daß er es war, der den Diebstahl aufdeckte und daß er ihn aufdeckte, nachdem er sich freiwillig angeboten hatte, Mr. Kale beim Aufhängen der Bilder in der Galerie behilflich zu sein. Wie er das Bild in Jennings Truhe versteckte, weiß ich nicht. Aber auch hier gibt es viele Möglichkeiten . . .«

Er lehnte sich einen Augenblick im Sessel zurück, blinzelte an die Decke und presste die Fingerspitzen gegeneinander.

»Uns verbleibt jetzt nur noch die Aufgabe, das Bild abzuholen. Es befindet sich in de Lesseps' Hotelzimmer – so sagten Sie doch –, ist also relativ sicher.Ich würde meinen, daß er es nicht wagen wird, einen Fluchtversuch zu unternehmen, denn er weiß ganz genau, daß dieser ihn sofort verdächtig machen würde.«

»Aber wie hat er das Bild aus Kales Haus geschmuggelt?« fragte Hatch.

»Wahrscheinlich trug er es einfach unter dem Arm, als er mit Kale zusammen das Haus verließ«, lautete die erstaunliche Erklärung.

Hatch starrte ihn entgeistert an. Nach einer Weile erhob sich der Wissenschaftler und ging ins Nebenzimmer, um ein Telephongespräch zu führen. Als er zu Hatch zurückkam, griff er nach seinem Hut und beide verließen zusammen das Haus, um de Lesseps einen Besuch abzustatten.

De Lesseps war tatsächlich zu Hause und empfing sie, nachdem der Laufbursche des Hotels ihm ihre Karten gebracht hatte. Sie unterhielten sich etwa eine Viertelstunde lang allgemein über den Fall, während die Augen des Wissenschaftlers neugierig durch den Raum schweiften. Dann klopfte es plötzlich an der Tür.

»Das ist bestimmt Inspektor Mallory, Mr. Hatch«, bemerkte die Denkmaschine. »Lassen Sie ihn bitte eintreten.«

De Lesseps schien einen Moment lang die Fassung zu verlieren, fing sich aber schnell wieder. Mallory platzte fast vor lauter Fragen.

»Mr. Mallory«, begann die Denkmaschine ruhig. »Ich würde Ihre Aufmerksamkeit gerne auf diese Kopie des Whistler lenken – sie hängt hier über dem Kamin. Ist sie nicht exzellent? Kennen Sie zufällig das Original?«

Mallory grunzte. De Lesseps' Gesicht wurde kreidebleich. Statt sich über das Kompliment zu freuen, rang er nervös die Hände. Doch auch jetzt nahm er sich zusammen und lächelte gequält.

»Die Schönheit dieses Gemäldes liegt nicht nur in der getreuen Wiedergabe des Originals«, fuhr die Denkmaschine fort, »sondern auch in der Tatsache, daß es unter besonders schwierigen Umständen entstand. Mr. Mallory, ich weiß nicht, ob Ihnen das bekannt ist, aber es gibt die Möglichkeit, mit Hilfe von Klebstoff, Dichtungsmasse und einer Reihe anderer, gebräuchlicher Stoffe, eine Art Paste herzustellen, die ein Ölgemälde nicht nur vollkommen abdecken, sondern auch einen ausgezeichneten Untergrund für ein Aquarell bilden kann.«

Einen Augenblick herrschte Stille und die drei Männer starrten ihn sprachlos an, während sich die gegensätzlichsten Empfindungen in ihren Gesichtern spiegelten.

»Dieses Aquarell, diese Kopie des Whistler«, fuhr der Wissenschaftler unbeirrt fort, »ist auf einem derartigen Untergrund entstanden. Die Paste verdeckt den Original-Rubens, der sich darunter verbirgt. Man kann die Schicht übrigens mit Wasser auswaschen, ohne Gefahr zu laufen, das Bild zu beschädigen, da es sich um ein Ölgemälde handelt. So kommt es, daß wir nicht nur mit der Kopie eines Whistler, sondern auch mit einem echten Rubens zu tun haben, der fünfzigtausend Dollar wert ist. Habe ich recht, Mr. de Lesseps?«

Er erhielt keine Antwort auf diese Frage, aber sie erübrigte sich auch. Eine Stunde später, nachdem de Lesseps verhaftet und sicher hinter Schloß und Riegel gebracht worden war, rief Hatch noch einmal die Denkmaschine an und stellte eine allerletzte Frage:

»Wie sind Sie dahintergekommen, daß das Aquarell auf den Rubens gemalt worden war?«

»Dadurch, daß es die absolut sicherste Methode war, einerseits den Rubens von denen fernzuhalten, die hinter ihm her waren und ihn andererseits einwandfrei zu schützen«, antwortete der Professor. »Ich sagte Ihnen doch, daß de Lesseps ein schlauer Bursche ist. Ein bißchen Logik tat dann den Rest. Zwei plus zwei macht vier, Mr. Hatch, nicht nur einmal, sondern immer.«

DAS VERSCHWUNDENE KOLLIER

I

Mr. Bradlee Cunnyngham Leighton war schlau. Selbst seine ärgsten Feinde mußten dies eingestehen. Scotland Yard zum Beispiel gab es nicht nur zu, sondern bestand sogar darauf. Und nicht etwa halbherzig, denn um mit Herbert Conway zu sprechen, einem der leitenden Köpfe bei Scotland Yard, er war »so aalglatt, daß Eis daneben wie Schmirgelpapier wirkt.« Ob Mr. Leighton von diesem zwiespältigen Kompliment wußte oder nicht, sei dahingestellt. Es war durchaus denkbar, daß er im Bilde war, wenn er es auch nie erwähnte. Er stammte aus gutem Haus und wußte über vieles Bescheid, worüber man besser schwieg.

Mr. Leightons Persönlichkeit zeichnete sich durch die zweifelhafte Ehre aus, eine gewisse Ähnlichkeit mit dem routinierten Schurken in einem Melodram zu haben. Was seine geistigen Fähigkeiten anbelangte, so hielt ihn Scotland Yard jedoch für ein Genie – alles andere als den maskierten Verbrecher mit der Zigarette im Mundwinkel, dessen Tat stets aufgeklärt wird und letztendlich zu seiner Verhaftung führt. Mr. Leighton war noch nie überführt worden. Vielleicht bestand Scotland Yard deshalb so hartnäckig auf seiner Schlauheit und hatte sicher auch gute Gründe dafür.

Mr. Leighton war überall. Von Festlichkeiten, auf denen sich die Crème der internationalen Gesellschaft amüsierte, war er nicht wegzudenken. Er zierte die ausgesuchten Gästelisten ehrwürdiger Matronen und war eine charmante Bereicherung jeder Versammlung. Scotland Yard war sich dessen durchaus bewußt. Natürlich hätte es auch reiner Zufall sein können, daß er auf allen Festlichkeiten, bei denen wertvolle Juwelen *»verlegt«* oder *»verloren«* worden waren, zugegen gewesen war. Für Scotland Yard aber war dies kein Zufall mehr. Und diese Tatsache machte wiederum Mr. Leighton alle Ehre.

Tief in den verborgensten Winkeln seines Bewußtseins sah Scotland Yard zu Mr. Leighton auf und betrachtete ihn als den perfekten Verbrecher, als wahren Drahtzieher in einer langen Reihe von verblüffenden Juwelendiebstählen. Die Raffinesse und Kaltblütigkeit – ganz zu schweigen von der Regelmäßigkeit, mit denen diese Diebstähle begangen wurden – ließen Scotland Yard keine Ruhe. Aber auch, wenn seine Leute von all dem überzeugt waren, waren sie niemals so indiskret, es Mr. Leighton wissen zu lassen. In der Tat hatte Scotland Yard es bisher peinlich vermieden, diese Tatsache irgendeinem Außenstehenden gegenüber zu erwähnen.

Conway hatte seine eigene Meinung, was Mr. Leighton anbetraf. Er erhob ihn auf ein Podest, was diesen überrascht, wenn ihm nicht gar geschmeichelt hätte. Mit einigen knappen Bemerkungen gab Conway Scotland Yards Erkenntnisse über Mr. Leighton deutlicher wieder, als ich es je könnte.

»Er ist der gerissenste Gauner der Welt«, sagte er fast enthusiastisch über ihn. »Er hat die Hemingway-Juwelen, das Cheltenham-Armband und die Quez-Diamanten.

Da gibt es keinerlei Zweifel. Ich *weiß*, daß er sie hat. Aber das Wissen alleine genügt nicht. Ich kriege ihn einfach nicht zu fassen, er ist zu glatt. Kaum glaubt man ihn zu haben, da ist er einem schon wieder durch die Finger geschlüpft.«

Dies war vor der Varron-Affäre. Als Scotland Yard von diesem bemerkenswerten Streich erfuhr, wuchs Conways Bewunderung für Mr. Leighton ins Unermeßliche. Er *wußte*, daß Leighton seine Hände im Spiel hatte – er wußte es mit Bestimmtheit –, aber dabei blieb es auch. Wütend kaute er auf seinem zerfransten Schnurrbart herum und machte sich daran, dem Dieb das Handwerk zu legen, obwohl er von vorneherein das Gefühl hatte, auf verlorenem Posten zu stehen.

Die Geradlinigkeit in der Vorgehensweise – und hierin unterschied sie sich in nichts von den vorangegangenen Diebstählen – war das Rätselhafteste an der Sache. Lady Varron hatte in ihrer Londoner Residenz einen Empfang zu Ehren des Botschafters der Vereinigten Staaten gegeben und dabei die ausgesuchteste Prominenz um sich versammelt. Vertreter Englands, Frankreichs und Rußlands waren anwesend, daneben einige der schönsten Frauen des Kontinents, zwei amerikanische Herzoginnen, ein paar ausgewählte Repräsentanten der amerikanischen Kolonie und – Mr. Leighton. Wie gesagt, er war überall.

Bei dieser Gelegenheit trug Lady Varron ihr berühmtes Kollier. Sein tatsächlicher Wert wurde auf etwa vierzigtausend Pfund geschätzt, die damit verbundenen Erinnerungen jedoch machten es unbezahlbar. Als sie mit dem amerikanischen Botschafter tanzte, rutschte sie plötzlich auf dem glatten Parkett aus, fiel zu Boden und riß den Botschafter mit sich. Es war nicht gerade ein würdiges oder gar romantisches Bild, aber es passierte nun einmal. Zufälligerweise hielt Mr. Leighton sich ganz in der Nähe auf und eilte den beiden zu Hilfe. Im Handumdrehen waren Lady Varron und der Botschafter der Vereinigten Staaten Mittelpunkt eines kleinen Auflaufs. Doch es war Mr. Leighton, der Lady Varron wieder auf die Beine half.

»Es ist nichts«, versicherte sie und lächelte schwach. »Ich war nur etwas unsicher, das ist alles.«

Mr. Leighton drehte sich zu dem Botschafter um, aber dieser hatte sich bereits wieder aufgerappelt und stand schnaufend hinter ihnen, daher wandte er sich wieder Lady Varron zu.

»Sie haben Ihr Kollier verloren«, bemerkte er leise.

»Mein Kollier?«

Lady Varron fuhr sich mit der weißen Hand über den nackten Hals und erbleichte, während die anderen zurücktraten und nach dem Kollier suchten. Es war jedoch nirgendwo zu finden. Lady Varron bewies eine bemerkenswerte Haltung.

»Es muß irgendwo hingefallen sein«, sagte sie schließlich.

»Sind Sie sicher, daß Sie es getragen haben?« fragte einer der Gäste besorgt.

»Oh ja, gewiß«, antwortete sie bestimmt. »Vielleicht habe ich es irgendwo anders verloren?«

»Ich habe es noch gesehen, kurz ehe Sie... ehe wir stürzten«, sagte der Botschafter noch immer außer Atem. »Es muß hier irgendwo sein.«

Das war es jedoch nicht. In dieser Hinsicht – seiner offensichtlichen Nicht-Existenz – ähnelte es dem Cheltenham-Armband. Damals hatte Mr. Leighton mit der ehrenwerten Miss Cheltenham einen abendlichen Spaziergang durch den Garten unternommen, in dessen Verlauf sie das Armband verlor. Das war alles. Es wurde nie gefunden.

Es wäre müßig, all die Anstrengungen beschreiben zu wollen, die dem Verlust des Varron-Kolliers folgten. Es sei hier lediglich erwähnt, daß es ebenfalls nie gefunden wurde; daß Männer und Frauen sich verwirrt und peinlich berührt anschauten und insgeheim gegenseitig verdächtigten und daß schließlich Mr. Leighton, der noch immer neben Lady Varron stand, höflich und taktvoll durchblikken ließ, daß eine Durchsuchung der Gäste nicht unangebracht schien. Er sagte es nicht mit diesen Worten, aber jeder verstand, was er meinte.

Mr. Leighton wurde vom Botschafter der Vereinigten Staaten beherzt unterstützt, einem Mann mit durch und durch demokratischem und gradsinnigem Charakter, der sich immer dann besonders zeigte, wenn irgendwo die Frage persönlicher Integrität auftauchte. Doch zu einer Durchsuchung kam es nicht und das Fest nahm seinen Gang. Lady Varron trug ihren Verlust mit bewundernswerter Fassung.

»Sie ist unschlagbar«, tuschelte eine der amerikanischen Herzoginnen so laut, daß es jeder hören konnte. Ihr Vater besaß irgendwo im fernen Amerika Seife im Wert von zwanzig Millionen Dollar. »Also mich hätte glatt der Schlag getroffen, wenn ich ein solches Kollier verloren hätte.«

Es verging ein ganzer Tag, bis Scotland Yard von Lady Varrons Verlust unterrichtet wurde.

»War Leighton anwesend?« lautete die erste Frage, die Conway stellte.

»Ja.«

»Dann hat er das Kollier«, erklärte Conway überzeugt.

»Aber diesmal bringe ich ihn zur Strecke oder ich hänge meinen Beruf an den Nagel.«

Am Ende des Monats jedoch hatte er Leighton weder überführt noch seinen Job gekündigt. Er hatte Gespäche abgehört, Briefe, Telegramme und andere Nachrichten abgefangen und geöffnet; er hatte das Dienstpersonal vernommen, abgewartet, bis sowohl Mr. Leighton als auch sein Diener das Haus verließen und die Gelegenheit genützt, um dessen luxuriöse Wohnung durchsuchen zu lassen. All dies hatte er veranlaßt und noch viel mehr – alles, was ein gewissenhafter Mann in seiner Stellung hätte tun können. Mittlerweile war von seinem zerfransten Schnurrbart nicht viel mehr übrig geblieben als ein schmaler Strich. Doch von dem Kollier fehlte nach wie vor jede Spur.

Dann erfuhr Conway, daß Mr. Leighton die Absicht hatte, für einige Monate in die Vereinigten Staaten zu reisen.

»Ha«, dachte er bei sich. »Er nimmt das Halsband mit, um es dort verschwinden zu lassen. Aber wenn er sich mit dem Kollier an Bord wagt, schnappe ich ihn mir – entweder er geht mir ins Netz oder die Zollbeamten der Vereinigten Staaten kriegen ihn.«

Conway glaubte kaum, daß der schlaue Mr. Leighton versuchen würde, die Juwelen innerhalb von England loszuwerden und brüstete sich damit, daß Leighton sie auch nirgendwo anders hin hätte befördern können, da er rund um die Uhr beschattet worden war.

Es war daher nicht weiter verwunderlich, daß nicht nur Mr. Leighton an Bord war, sondern auch Mr. Conway, als der Ozeanriese *Romanic* vier Tage später von Liverpool ablegte und Kurs auf Boston nahm. Conway kannte

Leighton, war sich aber ziemlich sicher, daß dieser nicht wußte, wer er war.

Nach zwei Tagen auf hoher See wurde er eines Besseren belehrt. Er fand, es sei keine schlechte Idee, Leighton über den Weg zu laufen und seine Bekanntschaft zu machen. Als er den untadeligen Herrn allein an der Reling stehen und rauchen sah, schlenderte er unauffällig näher und leistete ihm beim Betrachten des offenen Meeres Gesellschaft.

»Schönes Wetter«, bemerkte er nach einer Weile.

»Ja, nicht wahr?« antwortete Leighton, indem er sich umwandte und lächelte. »Kann mir denken, daß Ihr Burschen vom Yard eine solche Dienstreise aus vollem Herzen genießt.«

Conway ließ sich nicht dazu hinreißen, seine Überraschung zu zeigen, sondern erwiderte das Lächeln.

»Ich habe an der Varron-Affäre gearbeitet, wissen Sie«, gestand er ehrlich ein. »Und jetzt genehmige ich mir einen kleinen Urlaub.«

»Ach, die Sache bei Lady Varron?« fragte Leighton träge. »Tatsächlich? Zufällig war ich der erste, der den Verlust bemerkt hat.«

»Das ist mir bekannt«, erwiderte Conway grimmig.

Sie kamen auf andere Dinge zu sprechen. Conway empfand Leighton als angenehmen Mitreisenden und als demokratisch obendrein. Sie rauchten zusammen, machten gemeinsame Spaziergänge und beteiligten sich an den Bordspielen. An diesem Abend versuchte Leighton im Raucherzimmer sein Glück beim Bridge. Conway starrte stundenlang auf die phosphoreszierenden Punkte im grünen dunklen Wasser und rauchte.

»Wenn er es war«, dachte er schließlich, »ist er einer der

schlauesten Füchse der Welt und wenn nicht, bin ich der größte Holzkopf unter der Sonne.«

Sechs Glasen – es war elf Uhr abends. Das Deck lag einsam und verlassen da. Conway stolperte durch die Dunkelheit in Richtung des Raucherzimmers. Leighton saß noch immer am Spieltisch. Gerade, als er durch die angelehnte Tür eintreten wollte, hörte er ihn sagen: »Ich spiele bis zwei Uhr, keinesfalls länger.«

Conway überlegte nicht lang. Er drehte sich um und ging quer über das Deck zu Leightons Kajüte. Vor der Tür blieb er stehen. Er wußte, daß Leighton keinen Diener mitgenommen hatte und glaubte auch, den Grund dafür zu kennen, daher zog er, ohne zu zögern, einige Schlüssel aus der Tasche und machte sich am Schloß zu schaffen. Schließlich gab dieses nach. Er trat in die Kajüte und ließ die Tür hinter sich zuschnappen. Sein Vorhaben lag auf der Hand: er wollte sie untersuchen.

Nun hatte Conway seine eigenen Vorstellungen von einer gründlichen Durchsuchung. Zuerst nahm er sich Leightons Garderobe vor und durchwühlte sie Zentimeter um Zentimeter. Er tastete Krawatten ab, faltete Taschentücher auseinander, untersuchte Hemden und wickelte Leightons seidene Strümpfe auseinander. Anschließend nahm er sich die Schuhe vor, sechs Paar. Auf Schuhe hatte er es ganz besonders abgesehen, seit er einmal ein Dutzend Diamanten in einem falschen Absatz entdeckt hatte. Diese hier waren allerdings nicht präpariert.

Als nächstes richtete er seine Aufmerksamkeit ohne Anzeichen von Hast oder sichtbarer Enttäuschung auf das Handgepäck, den Koffer und den flachen Überseekoffer, die er vorher beide vollständig ausgeräumt hatte. Es war ja hinlänglich bekannt, daß solche Gegenstände gelegentlich über einen doppelten Boden oder andere Geheimfächer verfügten. Aber auch dies traf hier nicht zu. Davon überzeugte er sich mit jeder nur erdenklichen Methode seines Fachs.

Am Schluß nahm er die Einrichtung der Kajüte unter die Lupe. Er schlug das Bett auf und durchsuchte zuerst die Matratze, dann die Laken, Decken, das Kopfkissen und den Bettüberwurf nach allen Regeln der Kunst. Er zog alle drei Schubladen aus der Kommode heraus und vergewisserte sich, daß nichts dahinter versteckt war. Er durchblätterte einige englische Zeitungen und schüttelte sie eine nach der anderen durch. Er warf einen Blick in den Wasserkrug und klopfte die Rohre im kleinen Badezimmer nebenan ab. Er tastete über den Teppich, um herauszufinden, ob sich darunter etwas befand. Schließlich stieg er auf einen Stuhl und suchte von dieser erhöhten Stellung aus nach einem Ritz oder einer Spalte, in der das Kollier oder auch die losen Juwelen hätten versteckt sein können.

»Bleiben noch drei Möglichkeiten«, sagte er sich, während er das Zimmer sorgfältig wieder in seinen vorherigen Zustand versetzte. »Er kann sie in einem Päckchen im Safe des Schiffes deponiert haben, aber das ist unwahrscheinlich, weil es zu riskant wäre. Er kann sie auch in einer Truhe versteckt und beim Gepäck aufbewahrt haben, aber das ist noch unwahrscheinlicher. Oder er trägt sie ständig bei sich. Das wäre das sicherste.«

Damit verließ Conway die Kajüte, schaltete das Licht aus und ließ die Tür hinter sich zufallen. Er machte einen Abstecher in seine eigene Kabine, wo er einen ordentlichen Schluck Whiskey nahm, den er aber nach wenigen Sekunden wieder ausspuckte. Trotzdem war er ihm anscheinend zu Kopf gestiegen, denn als er ein paar Minuten später wieder im Raucherzimmer auftauchte, befand er sich in einem jämmerlichen Zustand und roch aufdringlich nach Alkohol. Er sprach mit weinerlicher, sentimentaler Stimme. Leighton streifte ihn mit einem wohlerzogen vorwurfsvollen Blick.

Mag sein, daß es nur Zufall war, aber Conway stolperte über Leightons Bein und bemerkte dabei, daß dieser nur leichtes Schuhwerk *ohne Absätze* trug. Und vielleicht war es auch nur Zufall, daß er ihm überschwenglich um den Hals fiel, als er versuchte, sein Gleichgewicht zu behalten.

Wie dem auch sei, Leighton entschuldigte sich höflich bei seinen Bridge-Partnern und drängte Conway, sich zu Bett zu begeben. Conway fand sich dazu bereit, allerdings nur unter der Bedingung, daß Leighton ihn zu seiner Kajüte begleitete. Gutmütig ließ dieser sich dazu überreden und so verließen beide zusammen das Raucherzimmer. Conway hing an Leightons Arm wie eine Rebe am Stock.

Irgendwo auf dem Weg stolperte Conway trotz der freundlichen Hilfe ein zweites Mal und in der Anstrengung, sich auf den Beinen zu halten, fuhr er mit den Händen der Länge lang über Leightons Hosenbeine. Schließlich beförderte dieser ihn wohlbehalten in seine Kajüte und kehrte lächelnd an seinen Spieltisch zurück.

»Er hat sie also nicht bei sich«, erklärte Conway den Wänden seiner Kajüte dunkel. Mittlerweile war er wieder stocknüchtern.

Es bedurfte keiner großen Anstrengung, um am nächsten Morgen festzustellen, daß Leighton im Safe des Schiffes nichts hinterlegt hatte und seine vier Überseekoffer im Frachtraum unerreichbar waren, weil sie unter

Hunderten von anderen standen. Worauf Conway es sich gemütlich machte und abwartete, welche neuen, originellen Durchsuchungsmethoden Uncle Sam's Zollbeamte mittlerweile erfunden haben mochten.

Schließlich kam der Morgen, an dem der Bordfunker einen Spruch von der Küste auffing und sich die Nachricht verbreitete, daß die *Romanic* nur noch weniger als hundert Meilen von Boston entfernt war. Conway beobachtete, wie Leighton an der Reling stand, rauchte und auf die Küste hinausschaute.

Etwa drei Stunden später bemerkten einige Passagiere ein Motorboot, das sich ihnen näherte. Leighton beobachtete es unbeteiligt. Endlich machte es einen weiten Bogen und man konnte erkennen, daß es neben dem langsam dahinstampfenden Ozeanriesen beidrehen wollte. Als das Motorboot nur noch dreißig Meter entfernt war und das Passagierschiff immer langsamer wurde, erwachte plötzlich Leightons Interesse.

»Ja, ist denn das die Möglichkeit!« rief er. »Hallo, Harry!«

»Hallo, Leighton«, rief der andere zurück. »Hab gehört, daß du an Bord bist und wollte dich willkommen heißen.«

Während das Motorboot an der Leeseite der *Romanic* Schutz suchte und in deren Kielwasser auf und ab tanzte, tauschten sie ein paar Belanglosigkeiten aus. Der Mann im Boot stand mit einem Bündel Zeitungen in der Hand aufrecht im Boot.

»Hier, ich hab dir ein paar amerikanische Zeitungen mitgebracht«, rief er.

Er warf das Bündel herüber und Leighton fing es auf. Dann verließ er das Deck und ging in seine Kajüte. Nach kurzer Zeit kehrte er mit einem Bündel europäischer Zeitungen zurück; es waren die, die Conway eigenhändig untersucht hatte.

»Hier, fang«, rief er. »Da ist etwas drin, was dich bestimmt interessieren wird.«

Der Mann im Boot fing das Paket auf und warf es achtlos auf den Sitz.

Da ging Conway plötzlich ein Licht auf.

»Das Kollier...!« Die zuckende Bewegung seiner Hände erweckte Leightons Aufmerksamkeit. Er starrte dem Mann vom Scotland Yard unverschämt in die blitzenden Augen und lächelte geheimnisvoll. Der Mann im Motorboot rief noch: »Wir treffen uns dann am Pier« und schoß dann mit aufheulendem Motor davon.

In Conways Gehirn überschlugen sich die Gedanken. Fünf Minuten später stürzte er in das Büro des Funkers und schickte der Küstenwache einen ausführlichen Bericht. Dann beobachtete er von der Reling am Bug aus, wie sich das Motorboot immer weiter in Richtung Hafen entfernte. Es zog auf etwa zwei Meilen davon und behielt dann während der nächsten vierzig Meilen bis zum Hafen diesen Abstand bei. Es nahm mit keinem anderen Schiff Kontakt auf, wie Conway mit eigenen Augen beobachten konnte und verschwand schließlich im Hafen von Boston.

Eine Stunde später hatte sich auch die *Romanic* in den Hafen lotsen lassen und angelegt. Conway war der erste, der das Schiff verließ. Er ging geradewegs auf einen Mann zu, der ihn schon zu erwarten schien.

»Haben Sie die Durchsuchung des Motorboots veranlaßt?« fragte er.

»Ja«, antwortete der andere. »Wir haben das ganze Boot

auf den Kopf gestellt; wir haben es sogar aus dem Wasser geholt. Dann haben wir uns den Mann, Harry Cheshire, vorgenommen. Aber Sie müssen sich irren.«

»Sind Sie ganz sicher, daß es mit keinem anderen Boot Kontakt aufgenommen und ihm dabei die Juwelen übergeben hat?«

»Es hat sich einem anderen Boot nicht einmal genähert, Mister«, lautete die Antwort. »Wir haben es gleich in der Hafeneinfahrt abgefangen und bis zum Pier eskortiert.«

Einen Augenblick lang wurde Conways Gesicht von Enttäuschung überschattet, doch dann machte diese wieder der alten Zuversicht Platz. Der Fall interessierte ihn immer mehr.

»Kennen Sie den diensttuenden Zollbeamten?« fragte er.

»Ja.«

»Bitte machen Sie mich mit ihm bekannt.«

Er wurde ihm vorgestellt und die drei Männer zogen sich einige Minuten zu einer Besprechung zurück. Als Leighton dann seelenruhig die Schiffsplanke heruntergeschlendert kam, bat man ihn in ein Privatbüro. Lächelnd folgte er der Anweisung und stimmte sogar einer Körperdurchsuchung ohne das geringste Anzeichen von Ärger oder Nervosität zu. Als er herauskam, stand Conway in der Tür.

»Na, zufrieden?« fragte Leighton.

»Nein!« fauchte Conway wütend.

»Was? Und das, nachdem Sie einmal meine Kabine und jetzt schon das zweite Mal auch mich untersucht haben?«

Conway antwortete nicht. In diesem Moment traute er sich nicht, dafür wohnte er aber der Durchsuchung von Leightons vier Überseekoffern bei, als diese aus dem

Laderaum geholt wurden und vergewisserte sich, daß sie genauso gründlich untersucht wurden wie er die Kajüte unter die Lupe genommen hatte. Als die Suche ergebnislos beendet war, setzte er sich auf einen der Koffer und starrte Leighton fast bewundernd an.

Einen Augenblick lang erwiderte der seinen Blick, dann lächelte er, nickte freundlich und schlenderte das Dock entlang, wobei er sich sorglos mit Harry Cheshire unterhielt. Conway versuchte nicht, ihnen zu folgen. Es hätte sowieso keinen Sinn gehabt – nichts hatte jetzt noch Sinn.

»Trotzdem, er hat sie gestohlen und er weiß, wo sie sind«, sagte er sich wütend. »Wahrscheinlich hat er sie so gut versteckt, daß ich einfach nicht drauf komme.

II

Offensichtlich fand die Denkmaschine den Fall lange nicht so problematisch, als er ein paar Tage später davon hörte. Der Reporter Hutchinson Hatch hatte davon erfahren und ihm die ganze Sache erzählt. Hatch hatte gute Bekannte beim Zoll, wo Conway seinem Ärger Luft gemacht hatte. Die Zollbehörden hatten mit der Angelegenheit nichts zu tun haben wollen und bestanden darauf, daß der Mann von Scotland Yard sich geirrt haben mußte.

Im Geiste gebrochen, in seinem Ruf geschädigt und durch Leightons letzte Worte gedemütigt, verlor Conway allmählich doch seinen Optimismus. Zeitweise ging ihm sogar jene unglaubliche Zähigkeit verloren, die ihn bisher noch nie im Stich gelassen hatte – er verlor alles, nur nicht die stille Überzeugung, daß Leighton sein Mann war. Etwa zu diesem Zeitpunkt hatte sich Hatch mit ihm verabredet. Würde er reden? Wie sich herausstellte, war der Mann von Scotland Yard ganz versessen darauf, zu reden – Vorsicht erschien ihm in diesem Fall vollkommen zwecklos. Da nahm Hatch ihn freundlich bei der Hand und brachte ihn zur Denkmaschine.

Conway sprudelte all seinen Ärger heraus. Er nahm kein Blatt vor den Mund, im Gegenteil, er redete über eine Stunde lang. Währenddessen saß der Wissenschaftler bequem in seinem Sessel, den blonden Kopf auf ein Kissen gebettet, und blinzelte feindselig an die Decke. Am Ende kannte die Denkmaschine den Fall Varron ebenso gut wie Conway und wußte über Leighton so viel wie jeder andere – abgesehen von Leighton selbst.

»Wieviele Steine hatte das Kollier?« erkundigte sich der Wissenschaftler.

»Einhundertzweiundsiebzig.«

»War der Mann im Motorboot – Harry Cheshire nannten Sie ihn – Engländer?«

»Dem Aussehen, Auftreten und der Sprache nach zu urteilen, ja.«

Eine sehr lange Zeit spielte die Denkmaschine mit den Fingern, während Conway und der Reporter dasaßen und ihn ungeduldig anstarrten. Hatch wußte aus Erfahrung, daß diesem wunderbaren, analytischen Hirn irgendwann irgendeine Spur, etwas Greifbares, entspringen würde. Aber wie die meisten Vertreter seines Berufes wollte auch er lieber Taten sehen; einfach nur dazusitzen und nachzudenken schien nirgendwohin zu führen.

»Sehen Sie, Mr. Conway«, sagte der Wissenschaftler schließlich. »Sie konnten nichts beweisen. Ihre Ermittlungen deuten sogar darauf hin, daß Leighton die Steine *nicht* gestohlen hat und sie daher auch nicht an Bord gehabt haben kann. Es gibt nur eine einzige Spur, die darauf hindeutet, daß er sie haben könnte und das ist die Tatsache, daß er die Zeitungen in das Motorboot warf. Diese Handlung scheint mir ganz und gar zwecklos zu sein, es sei denn...«

»Es sei denn, die Steine waren darin versteckt!« fiel ihm der Mann von Scotland Yard ins Wort.

»Oder er hat sich auf Ihre Kosten amüsiert und ist vollkommen unschuldig«, fuhr die Denkmaschine fort. »Es ist durchaus denkbar, daß er sich über Sie lustig machen wollte, nachdem er erfahren hat, daß Sie auf seiner Spur sind. Wenn wir die Angelegenheit jedoch unter einem anderen Blickwinkel betrachten wollen, müssen wir von Annahmen ausgehen, die jeder Grundlage entbehren. Wir müssen sämtliche anderen Personen, die das Kollier gestohlen haben *könnten*, ausklammern und uns auf Leighton konzentrieren. Ferner werden wir voraussetzen müssen, daß er die Steine tatsächlich an Land geschmuggelt hat.«

Conway spitzte die Ohren.

»Es ist zwar logisch nicht ganz einwandfrei, wenn wir aber vorläufig einmal von diesen Prämissen ausgehen, ist das Problem ganz einfach. Außerdem haben wir gleichzeitig den Beweis dafür, daß Ihre Durchsuchung seiner Kajüte nicht gründlich genug war. Haben Sie beispielsweise auch *unter* den Leisten der Koje nachgesehen? Haben Sie sich vergewissert, daß das Halsband oder auch die losen Steine, nicht im Abflußrohr des Waschbeckens versteckt waren?«

Conway schnippte ärgerlich mit den Fingern. Das waren Dinge, die er übersehen hatte.

»Es gibt natürlich noch andere Möglichkeiten«, resümierte die Denkmaschine. »Daher war die Suche nach dem Kollier auch völlig zwecklos. Wenn wir davon ausgehen, daß das Kollier an Land geschmuggelt wurde, müssen wir also annehmen, daß es irgendwo versteckt war und daß Sie es nicht gefunden haben. Es ist ziemlich einleuchtend, daß Mr. Leighton es nicht im Gepäck im Laderaum gelassen hätte. Wir können also daraus folgern, daß er es in seiner Kajüte versteckt und dann in das Motorboot geworfen hat.

So gesehen befanden sich die Juwelen tatsächlich in dem Motorboot, als dieses von der *Romanic* ablegte. Trotzdem müssen wir annehmen, daß es nicht mehr an Bord war, als das Boot im Hafen einlief. Obwohl es sich weder einem anderen Boot genähert noch mit irgendeinem vorbeikommenden Schiff Kontakt aufgenommen hat. Es ist kaum anzunehmen, daß Cheshire die Steine ins Wasser geworfen hat. Oder daß er einhundertzweiundsiebzig Edelsteine verschluckt hat – jedenfalls einen nennenswerten Teil davon. Was haben wir also?«

»Nichts«, antwortete Conway prompt. »Das ist es doch. Deshalb mußte ich aufgeben.«

»Statt nichts haben wir die Antwort«, entgegnete die Denkmaschine bissig. »Wollen mal sehen. Vielleicht kann ich Ihnen Namen und Anschrift des Mannes besorgen, der die Steine jetzt hat – vorausgesetzt, Leighton hat sie tatsächlich mitgebracht.«

Damit stand er auf und ging ins Nebenzimmer. Conway drehte sich um und starrte Hatch mit einem seltsamen Gesichtsausdruck an.

»Ist er etwa so eine Art Spaßvogel?«

»Nein, aber ein kleines Wunder«, antwortete Hatch.

»Wollen Sie etwa behaupten, daß ich monatelang an diesem Fall gearbeitet habe und nichts in Erfahrung bringen konnte, und er braucht nur ins Nebenzimmer zu gehen, und schon hat er Namen und Anschrift des Mannes, der sich im Besitz der Steine befindet?« fragte Conway erregt.

»Wenn er nach nebenan ginge und behauptete, er käme mit dem Pazifischen Ozean in einer Teetasse zurück, würde ich ihm glauben«, versicherte der Reporter. »Ich *kenne* ihn.«

Im Zimmer nebenan klingelte das Telephon, während der Wissenschaftler wählte. Lange Zeit hörte man nichts als das unterdrückte Summen seiner gereizten Stimme. Es vergingen fünfundzwanzig bis dreißig Minuten, ehe er wieder ins Zimmer trat. Dort blieb er stehen und kritzelte etwas auf einen Zettel, den er Hatch überreichte. Der Reporter las: »Henry C. Manderling, Scituate, Mass.«

»Damit hätten wir Namen und Adresse desjenigen, der sich momentan im Besitz der Steine befindet«, bemerkte die Denkmaschine beiläufig. »Hatch, Sie begleiten Mr. Conway dorthin und lassen ihn so verfahren, wie er es für richtig hält. Sie müssen natürlich das Haus dieses Mannes durchsuchen. Ich glaube nicht, daß es Ihnen schwer fallen wird, die Juwelen aufzuspüren, denn die Beteiligten ahnen nichts von der Gefahr, in der sie schweben. Die Perlen werden lose sein und sich wahrscheinlich in kleinen Plastiksäckchen befinden, die nicht größer sind als Ihr kleiner Finger. Sobald Sie sie gefunden haben, nehmen Sie Cheshire und Leighton fest. Wenn Sie sie haben, benachrichtigen Sie Detective Mallory und bringen die beiden hierher.«

»Aber ... aber«, stammelte Conway.

»Kommen Sie«, rief Hatch.

Und Conway folgte ihm.

Die verschlafene kleine Stadt Scituate erstreckte sich über zwei oder drei Meilen vor der Küste von Massachussetts. Mit einer Reihe von Klippen, die sich unvermittelt vor ihr erhoben, trotzte sie kühn dem Ansturm der Wellen. Sie war vor zwei- oder dreihundert Jahren gegründet worden, doch seitdem hatte sich dort nicht viel getan. Hier wohnte Henry C. H. Manderling seit ein paar Monaten. Im Frühjahr war er zusammen mit einigen anderen Städtern hierhergekommen, die es sich leisten konnten, den Sommer müßig zu vertun, und hatte sich eine komische, kleine Hütte gemietet, die er allein bewohnte. Der salzige Wind pfiff nach Belieben durch die Ritzen. Hinter dem Haus stand noch eine Art Schuppen.

Hutchinson Hatch und der Mann von Scotland Yard hatten keine Mühe, das Haus zu finden und betraten es, ohne zu zögern. Es war niemand zu sehen, der sie an der Durchsuchung hätte hindern können. Das einfache Schloß, das vor der Tür baumelte, bildete kein Hindernis. Nach einer knappen halben Stunde hatten die geübten Finger Conways ein Dutzend oder mehr kleiner weißer Plastiksäckchen zutage gefördert, die nicht viel größer waren als sein kleiner Finger. Als er eins davon aufriß, rollten sechs Edelsteine heraus.

»Das sind die Varron-Steine, kein Zweifel«, rief er nach eingehender Prüfung triumphierend und steckte sie in seine Hosentasche.

»Schschsch!« warnte Hatch plötzlich.

Er hatte Schritte gehört, und dann auch zwei Stimmen. Jemand steckte einen Schlüssel ins Schloß, stieß die Tür auf und während sich die beiden Eindringlinge in den Schatten kauerten, sahen sie zwei Männer eintreten. Genau in diesem Moment sprang Conway auf und stellte sie.

»Jetzt hab ich Sie, Leighton«, sagte er ruhig.

Hatch konnte nicht sehen, was sich hinter dem Mann von Scotland Yard tat, aber er hörte einen Schuß und spürte, wie die Kugel verdächtig nahe an seinem Kopf vorbeizischte. Conway machte einen Satz vorwärts. Hatch beobachtete, wie er mit dem Arm ausholte und einer der Männer zu Boden ging. Dann fiel ein weiterer Schuß. Conway taumelte einen Augenblick, stürzte sich dann vorwärts und holte noch einmal aus. Man hörte hastige Fußtritte, dann das Geräusch eines zu Boden fallenden Revolvers und schließlich das Schlagen der Tür.

»Fesseln Sie den Burschen«, rief Conway.

Damit riß er die Tür auf, eilte die Veranda entlang und sprang auf der anderen Seite herunter. Hatch wandte sich dem bewußtlosen Mann auf dem Boden zu. Es war Harry Cheshire. Ein präzise plazierter Kinnhaken hatte ihn außer Gefecht gesetzt. Hatch fesselte ihn an Händen und Füßen und rannte los.

Conway lief die Klippen herunter zum Strand, wo ein Motorboot lag. Hatch sah, wie ein Mann in das Boot sprang und wenige Sekunden später auf die offene See hinausfuhr. Als Conway am Landungssteg ankam, war es schon vierzig Meter entfernt.

»Noch nicht, Mr. Conway«, rief Leighton, während das Boot beständig an Geschwindigkeit gewann.

Der Mann von Scotland Yard starrte dem Boot einen Augenblick lang hinterher und wandte sich dann ab. Der Reporter sah, daß er bleich war, kreidebleich.

»Haben Sie ihn gefesselt?« fragte er.

»Ja«, antwortete Hatch. »Sind Sie verwundet?«

»Sieht so aus«, antwortete der Beamte. »Er hat mich hier am linken Arm erwischt. Ich hatte keine Ahnung, daß er einen Revolver bei sich trug. Ich kann von Glück sagen, daß er nur noch zwei Schuß hatte.«

Die Denkmaschine verband Conways Wunde – die ziemlich harmlos war – fachmännisch und wandte sich dann seinen übrigen Gästen zu. Dies waren Harry Cheshire alias Manderling und Detective Mallory, dem ersterer bei der Ankunft von Hatch und Conway als Gefangener übergeben worden war. Nach Leighton war eine Großfahndung eingeleitet worden.

Conway schien sich um seine Wunde nicht allzuviel Sorgen zu machen, aber er brannte darauf, zu erfahren, was die Denkmaschine angestellt hatte, um all diese Dinge in die Wege zu leiten.

»Im Grunde war es geradezu lächerlich einfach«, begann der Wissenschaftler seine Erklärung. »Es lief auf folgendes hinaus: wie konnten einhundertzweiundsiebzig Edelsteine an Bord eines Motorbootes, das vierzig Meilen von der Küste entfernt war, zu einem sicheren Ort an Land befördert werden? Das Motorboot hatte, wie bereits erwähnt, keinerlei Kontakt zu einem anderen Boot. Natürlich konnte man sie auch nicht einfach an Land werfen und ich habe noch nie von einem Fisch gehört, der sich so trainieren ließe, daß er die Steine hätte transportieren können. Welche weitere Möglichkeit bliebe jedoch, um die Steine relativ sicher an die Küste zu bringen?«

Forschend musterte er einen seiner Gäste nach dem

anderen. Jeder schüttelte den Kopf. Manderling, alias Cheshire, schwieg.

»Es gibt noch zwei andere«, fuhr der Wissenschaftler schließlich fort.

»Die eine wäre ein U-Boot – sie ist unwahrscheinlich. Die zweite: Vögel – Brieftauben.«

»Heiliger Strohsack«, rief Conway und starrte Manderling an. »Ich habe im Haus in Scituate tatsächlich Dutzende von Tauben gesehen.«

»Die Juwelen befanden sich also tatsächlich auf dem Schiff, wie Sie richtig vermuteten«, faßte die Denkmaschine zusammen. »Lose und wahrscheinlich in einem schmalen Plastikbeutel verpackt, in dem schon erwähnten Abflußrohr versteckt. Leighton *hat* sie in die Zeitungen verpackt und dann an Bord des Motorbootes geworfen. Als es sich auf zwei Meilen von der *Romanic* entfernt hatte, band Cheshire sie seinen Brieftauben um den Fuß und ließ sie dann eine nach der andern frei. Sie, Mr. Conway, konnten bei der Entfernung zwar das Boot deutlich erkennen, nicht aber die Vögel, die von ihm aufstiegen. Die Tauben flogen in ihre Verschläge im Schuppen von Manderlings Haus zurück. Wie Sie sicher wissen, werden Brieftauben normalerweise in automatisch schließenden Käfigen untergebracht; so konnte keine Taube nach ihrer Rückkehr wieder entwischen. Mr. Manderling und Mr. Leighton brauchten die Steine nur noch einzusammeln.

Die Idee mit den Brieftauben brachte uns einen großen Schritt weiter«, fuhr die Denkmaschine nach einer kurzen Pause fort. »Zufällig ist mir bekannt, daß es eine Vielzahl von Taubenvereinen und Brieftaubenzüchtern gibt und ich rechnete mir aus, daß einer von ihnen vielleicht einen

Engländer kannte, der, sagen wir, fünfundzwanzig bis fünfzig Vögel besaß und irgendwo in der Nähe von Boston wohnte. Ich hatte Glück und fand tatsächlich einen, der ihn kannte. Er gab mir Namen und Adresse von Henry C. H. Manderling. Harry ist natürlich eine Abkürzung von Henry und C.? Henry Cheshire oder Harry Cheshire... das war der Name, den Mr. Manderling angegeben hatte, als man ihn im Hafen durchsuchte.«

»Haben Sie eine Erklärung dafür, wie Leighton überhaupt in den Besitz des Kolliers gelangen konnte?« fragte Conway neugierig.

»Genau wie in den anderen Fällen auch«, antwortete van Dusen. »Mit Hilfe einer unglaublichen Dreistigkeit und Geistesgegenwart. Angenommen, Leighton hätte ein starkes Gummiband gehabt, das an der Schulter befestigt wurde, sagen wir, im Ärmel seines Jacketts. Das Ende, das mit einer Art von Klammer versehen war, steckte in der Manschette. Auf diese Weise war das Gummiband also straff gespannt. Vergessen wir nicht, daß dieser Mann immer auf seine Gelegenheit wartete und auch stets bereit war, sie zu nützen.

Natürlich konnte er die Sache niemals so planen, wie sie sich dann tatsächlich ereignete.

Möglich ist aber beispielsweise, daß Lady Varron das Kollier verlor, als sie stürzte. In der momentanen Aufregung hätte er es vor ihrer aller Nase mit Hilfe der Klammer in seinen Besitz bringen können. Es wäre in Null Komma nichts in seinem Ärmel verschwunden und daher hätte er bei einer oberflächlichen Untersuchung der Taschen, wie er sie bekanntlich selber vorschlug, nicht allzu viel riskiert.«

»Mit diesem Trick lassen professionelle Falschspieler ihre Karten verschwinden«, bemerkte Inspektor Mallory.

»Oh, dann ist er also nicht neu?« fragte die Denkmaschine. »Wie dem auch sei, er verließ den Ballsaal, versteckte seine Juwelen auf dieselbe Art, wie er zuvor schon andere versteckt hatte und schrieb, noch ehe Sie Kenntnis von dem Diebstahl erhielten, an Manderling. Sie fingen seine Post natürlich erst an dem Zeitpunkt ab, an dem Sie von der ganzen Sache erfuhren. Vielleicht hatte Leighton schon öfter, möglicherweise auch in anderen Teilen der Welt, mit Manderling zusammengearbeitet. Bislang ist er offensichtlich nicht so intensiv beschattet worden wie in diesem Fall. Nichtsdestotrotz bin ich der Ansicht, daß er alles bis ins kleinste Detail geplant hat, um das, was diesmal der Fall war, zu vermeiden.«

Eine halbe Stunde später schüttelte Conway der Denkmaschine die Hand und dankte ihm von Herzen. Anschließend ging die kleine Gruppe auseinander.

»Ich hatte schon aufgegeben«, gestand Conway beim Hinausgehen.

»Sehen Sie«, erklärte die Denkmaschine ihm zum Abschied, »es ist so: in Ihrem Beruf macht man einfach zu wenig Gebrauch vom gesunden Menschenverstand. Vergessen Sie nie: zwei plus zwei ergibt nun mal vier – nicht *manchmal*, sondern *immer* .«

Leighton ist bis zum heutigen Tag nicht gefaßt worden.

DAS UNSICHTBARE AUTOMOBIL

I

Zwei blendend weiße Augen bohrten sich durch die Nacht; dann schoß plötzlich ein Automobil um die Kurve der breiten Landstraße und erleuchtete das ebenmäßige Trottoir. Selbst auf diese Entfernung hörte Gendarm Baker an dem rhythmischen Dröhnen der Maschine, daß es sich um ein mit Benzin betriebenes Fahrzeug handelte. Der kühne Schwung der auf ihn zu rasenden Scheinwerfer ließ keinen Zweifel daran, daß der Fahrer die Geschwindigkeitsbegrenzung des Bezirks Yarborough mehr als nur geringfügig überschritten hatte – er mißachtete sie vollkommen.

Der Bezirk Yarborough bestand in der Hauptsache aus einer Ansammlung von Sommerresidenzen und einem Netz von Straßen, die so flach wie Parkettfußböden waren und zum Rasen geradezu aufzufordern schienen. Dagegen sprach jedoch die Tatsache, daß der Bezirk sehr strenge Geschwindigkeitsbegrenzungen festgelegt hatte. In der Tat waren sie so streng, daß eigens zu ihrer Überwachung eine halbe Hundertschaft von Gendarmen längs der Straßen postiert worden war, die nichts anderes zu tun hatten, als den bösen Verkehrssündern auf die Schliche zu kommen. Zufälligerweise waren die Behörden gleichzeitig darauf gestoßen, daß die diversen Verstöße gegen die Straßenverkehrsordnung eine einträgliche Einkommensquelle darstellten.

»Vierzig Meilen in der Stunde, wenn nicht mehr«, murmelte Baker grimmig.

Er erhob sich von seinem Klappstuhl, auf dem er es sich bei seiner allabendlichen Schicht zwischen sechs Uhr und Mitternacht gemütlich zu machen pflegte, nahm seine Laterne, stellte die Flamme etwas höher und stapfte hinunter zum Straßenrand. Er schob immer an der gleichen Stelle Wache – am einen Ende einer längeren Strecke, die die Autofahrer übereinstimmend «Die Falle« getauft hatten. Die Falle stellte wirklich eine Versuchung, wenn nicht eine Herausforderung dar: ein ausgezeichnet gepflastertes Stück Straße, das zwischen zwei hohen steinernen Mauern entlangführte und nur so leicht gekrümmt war, daß man nicht von einem Ende zum anderen sehen konnte. Ein zweiter Gendarm, Bakers Kollege Bowman, war am anderen Ende der Falle postiert. Sie waren durch eine Telephonleitung miteinander verbunden – wenn es dem einen nicht gelang, ein Automobil zu stoppen oder sein Kennzeichen zu notieren, erwischte ihn garantiert der andere. Jedenfalls in der Theorie.

So stand Baker nun erwartungsvoll neben der Straße. Die blendenden Scheinwerfer waren nur noch wenige hundert Meter entfernt. Im richtigen Augenblick würde er seine Laterne heben, der Wagen würde abbremsen, seine Insassen protestieren und dann würde er im Namen des Bezirks einen weiteren Beitrag zur Instandsetzung und Modernisierung seiner Straßen kassieren, um damit die Autofahrer noch größeren Versuchungen auszusetzen. Es gab aber auch Autofahrer, die nicht anhielten. In solchen Fällen waren die Gendarme angewiesen, sich das Kennzeichen zu notieren, wenn das Auto an ihnen vorbeiraste. Eine Anfrage beim monatlich erscheinenden Verkehrsregister brachte den Namen des Verkehrssünders schnell zutage. Es versteht sich von selbst, daß er mit einer zusätzlichen Geldstrafe rechnen mußte.

In diesem Moment raste das Automobil, ohne die geringste Verminderung seiner Geschwindigkeit, durch die Kurve, machte einen weiten Bogen und schoß mit Vollgas in den geraden Teil der Falle hinein. Im psychologisch entscheidenden Moment trat Baker auf die Straße und schwenkte seine Laterne.

»Halt!« rief er.

Trotz seines Befehls hielt das Dröhnen des Motors an. Der Wagen hatte ihn fast erreicht, als er sich mit einem Satz in Sicherheit brachte – darin hatte Baker mittlerweile Übung. Der Wagen glitt an ihm vorbei und verschwand in der Falle. Baker war so damit beschäftigt, ihm auszuweichen, daß er keine Gelegenheit hatte, sich das Kennzeichen zu merken, aber das machte ihm keine großen Sorgen, denn er wußte, daß es aus der Falle kein Entkommen gab. Auf der einen Seite markierte eine zweieinhalb Meter hohe Mauer die östliche Hälfte des Landbesitzes von John Phelps Stocker und auf der anderen eine drei Meter hohe Mauer die westliche Grenze des Gutes von Thomas Q. Rogers. Es gab keine Abfahrt, keine Kreuzung, keinen möglichen Ausweg aus der Falle – bis auf die beiden Enden, in denen die Gendarmen nur darauf warteten, zuschnappen zu können. Daher griff Baker selbstsicher zum Telephonhörer.

»Ein Wagen mit mindestens sechzig Meilen in der

Stunde«, rief er. »Der Fahrer hält nicht an. Konnte das Kennzeichen nicht erkennen. Mach dich bereit.«

»Alles klar«, antwortete Bowman.

Zehn, fünfzehn, zwanzig Minuten lang wartete Baker auf Bowmans Rückruf, aber der kam nicht. Schließlich nahm er selbst den Hörer auf, um sich nach dem Stand der Dinge zu erkundigen. Keine Antwort. Er ließ es mehrere Male klingeln, klopfte an den Telephonkasten und versuchte ein paar andere Tricks mit dem Hörer. Nichts. Dann fing er an, sich Sorgen zu machen. Plötzlich fiel ihm wieder ein, daß ein rücksichtsloser Fahrer an der gleichen Stelle schon einmal einen Kollegen über den Haufen gefahren hatte. Der Fahrer hatte sich geweigert, anzuhalten oder wenigstens auszuweichen, während der Beamte mitten auf der Straße stand. Baker stellte sich vor, daß Bowman hilflos im Straßengraben lag, möglicherweise schwer verletzt. Wenn der Wagen die Geschwindigkeit gehalten hatte, mit der er an ihm vorbeigerauscht war, würde er jeden, der das Pech hatte, ihm in die Quere zu kommen, überrollen. Diese Vorstellung und seine Sorge um Bowman, machten ihm so schwer zu schaffen, daß er den Entschluß faßte, die Straße bis zum anderen Ende der Falle abzugehen. Im schwachen Schein seiner Laterne tanzte die ungebrochene Linie der kalten Steinmauern zu beiden Seiten der Straße. Am Straßenrand selbst gab es keinerlei Gebüsch, nur einen schmalen Grasstreifen direkt neben der Mauer. Je mehr er über die ganze Sache nachdachte, umso besorgter wurde er. Er beschleunigte seinen Schritt. Doch als er dann die leichte Kurve der Straße passiert hatte, erkannte er in der Ferne eine Laterne, die sich ihm langsam näherte. Offensichtlich suchte da noch jemand die Straße ab.

»Hallo«, rief Baker, als die Laterne in Rufweite war. »Bist du es, Bowman?«

»Ja«, hallte die Antwort durch die Nacht.

Die beiden Laternen kamen sich immer näher und trafen schließlich aufeinander. Bakers Sorge um seinen Kollegen verwandelte sich schnell in Neugier.

»Was suchst du denn?« fragte er.

»Den Wagen«, antwortete Bowman. »Er kam nicht und ich dachte, vielleicht hat er einen Unfall gehabt, also bin ich losgegangen, um ihn zu suchen. Hab aber nichts gefunden.«

»Er kam nicht?« wiederholte Baker ungläubig. »Das ist doch unmöglich! Jedenfalls ist er auch nicht zurückgekommen und ich habe nichts gesehen, also muß er doch an dir vorbeigekommen sein.«

»Tja, ist er aber nicht«, erklärte Bowman entschieden. »Ich stand direkt neben der Straße und wartete auf ihn. Seit einer Stunde hab ich hier keinen Wagen mehr gesehen.«

Baker hob seine Laterne, bis der Schein das Gesicht des anderen traf. Einen Augenblick lang starrten sich die beiden Männer fassungslos an. Dann glomm plötzlich ein Verdacht in den habgierigen, kleinen Augen Bakers auf.

»Wieviel hast du dafür gekriegt, daß du ihn durchgelassen hast, hä?«

»Gekriegt?« rief Bowman aufrichtig empört. »Ich hab nichts gekriegt. Ich habe hier kein einziges Auto durchkommen sehen und dabei bleibt's!«

Bakers Lippen kräuselten sich zu einem spöttischen Lächeln.

»Klar, das kann man dann auf der Wache melden«, sagte er, »aber zufällig weiß ich nun mal, daß hier ein Auto vorbeigekommen ist, daß es nicht umgekehrt ist und nur an zwei Stellen entkommen kann. Es muß also an deinem Ende rausgekommen sein.« Er hielt inne. »Egal, wieviel du dafür kassiert hast, Jim – ich will die Hälfte.«

Darauf wandte sich der Wurm, das heißt Bowman, um. Unter seinem stoppeligen Schnurrbart verzog er die Lippen zu einem höflichen Grinsen.

»Wenn du mich fragst«, begann er bedächtig, »sagst du das nur, weil du meinst, wenn du sowas machst, würden es alle tun. Ich habe jedenfalls keinen Wagen gesehen.«

»Gebe ich dir etwa nicht immer die Hälfte ab, Jim?« fragte Baker fast flehentlich.

»Ich habe aber nun mal kein Auto gesehen und mehr habe ich dazu nicht zu sagen. Wenn es nicht an dir vorbeigekommen ist, dann hat es eben keins gegeben.« Bowman hielt inne, wahrscheinlich heckte er wieder etwas besonders Unangenehmes aus. »Um die Wahrheit zu sagen, Baker, du denkst dir Sachen aus, das ist es.«

So wurde Zwietracht zwischen den beiden Beamten von Yarborough gesät. Nach einer Weile, in der sie sich gegenseitig beschimpft und mit beißendem Spott überschüttet hatten, kehrten sie auf ihre jeweiligen Posten zurück. Jeder war auf seine Art nachdenklich. Fünf Minuten nach Mitternacht, als ihr Dienst beendet war, rief Baker Bowman an.

»Ich habe noch mal über die ganze Sache nachgedacht«, sagte er langsam. »Wahrscheinlich ist es am besten, wenn wir im Revier nichts davon verlauten lassen. Das Ganze ist irgendwie merkwürdig, und wenn wir es erzählen, lachen die Jungs sich tot über uns.«

»Wie du meinst«, antwortete Bowman.

Auch am nächsten Abend war die Beziehung zwischen

den beiden noch gespannt. Was sie jedoch nicht daran hinderte, sich Seite an Seite auf ihre Posten zu begeben. Baker blieb am einen Ende der Falle stehen, während Bowman weiterging und sich nicht einmal mehr umschaute.

»Besser, du hältst heute nacht die Augen offen, Jim«, rief Baker ihm hinterher.

»Das hab ich gestern auch getan«, gab der andere zähneknirschend zurück.

Sieben, acht, neun Uhr. Zwei oder drei Autos waren mit mäßiger Geschwindigkeit durch die Falle gefahren, und eins war von Baker verwarnt worden. Ein paar Minuten nach neun, als sein Blick über die Straße streifte, die in die Falle hineinführte, bemerkte er etwas, was ihn schnell auf die Beine brachte. Es war ein Paar blendend weißer Augen, die sich durch die Nacht bohrten. Obwohl sie noch ziemlich weit entfernt waren, erkannte er sie auf den ersten Blick. Es war der mysteriöse Wagen von gestern abend.

»Diesmal kriege ich ihn«, stieß er zwischen zusammengebissenen Zähnen hervor.

Als das heranrasende Auto noch ganze zweihundert Meter entfernt war, postierte Baker sich mitten auf der Straße und fing an, seine Laterne zu schwenken. Das Auto schien, sofern das überhaupt möglich war, noch schneller dahinzubrausen als in der vergangenen Nacht. Bei hundert Metern schrie Baker auf. Aber das Auto machte nicht die geringste Anstrengung, sein Tempo zu drosseln – ganz im Gegenteil. Wieder blieb Baker nichts anderes übrig, als im entscheidenden Augenblick zur Seite zu springen. Der Fahrer zog den Wagen scharf nach rechts und sauste an ihm vorbei; um ein Haar hätte er den Gendarmen erwischt.

Im selben Moment, als der Wagen an ihm vorbeiglitt, drehte Baker sich um und schaute ihm angestrengt hinterher. Er versuchte, sich sein Kennzeichen einzuprägen. Er konnte zwar sehen, daß er ein Nummernschild trug, denn über der hinteren Stoßstange blitzte etwas Weißes auf, aber die Zahlen darauf konnte er schon nicht mehr lesen. Der Staub und das hin und her schwankende Auto hatten sich gegen ihn verschworen. Das einzige, was er erkannte, waren die Schatten von vier Insassen, deren schwach erleuchtete Silhouetten sich gegen das von der Straße reflektierte Scheinwerferlicht abzeichneten. Es war natürlich völlig sinnlos, ihr Geschlecht bestimmen zu wollen, denn im gleichen Moment schoß das Auto in die Kurve und verschwand.

Wieder eilte er zum Telephon. Bowman nahm sofort ab.

»Eben ist der Wagen wieder vorbeigekommen«, rief Baker in den Hörer. »Mit mindestens neunzig Meilen pro Stunde. Halt die Augen offen!«

»Mach ich!« versprach Bowman.

»Und sag mir Bescheid!« schrie Baker.

Mit dem Hörer am Ohr wartete er zehn oder fünfzehn Minuten. Dann meldete Bowman sich am anderen Ende der Leitung.

»Und?« rief Baker. »Hast du sie?«

»Hier ist kein Auto vorbeigekommen, und es ist auch nirgendwo eins in Sicht«, erwiderte Bowman.

»Aber es ist doch hier durchgefahren«, beharrte Baker.

»Kann schon sein«, meinte Bowman, »auf jeden Fall ist es hier nicht herausgekommen. Am besten suchen wir noch einmal die Strecke ab. Wir treffen uns dann in der Mitte.«

So wiederholte sich die Suche der vergangenen Nacht. Als die beiden Beamten aufeinandertrafen, waren ihre Gesichter leer – so leer wie die hohen Steinmauern, die von beiden Seiten auf sie herunterstarrten.

»Nichts!« sagte Bowman.

»Nichts!« wiederholte Baker.

Bowman drehte den Kopf leicht zur Seite und kratzte sich sein stoppeliges Kinn.

»Hör mal, du versuchst doch nicht etwa, mich reinzulegen, wie?« fragte er kühl. »Du hast das Auto wirklich gesehen?«

»Na, und ob ich es gesehen habe«, erwiderte Baker kampflustig. »Ich habe es gesehen, Jim, und wenn es nicht an Dir vorbeigefahren ist ... warum ...«

Er hielt inne und blickte sich verstohlen über seine Schulter. Bowman tat es ihm nach.

»Vielleicht ... vielleicht ...«, sagte Bowman nach einem Moment. »Vielleicht ist es ein Geisterauto?«

»Das muß es wohl sein«, murmelte Baker. »Du weißt genauso gut wie ich, daß es nur zwei Fluchtmöglichkeiten für das Ding gibt. Es ist bei mir in die Falle reingefahren und bei dir nicht wieder rausgekommen, und hier ist es auch nicht mehr. Wo ist es also geblieben?«

Bowman starrte ihn einen Augenblick lang an, griff dann nach seiner Laterne, schüttelte feierlich den Kopf und machte sich auf den Weg zurück zu seinem Posten. Auf dem Weg schaute er dreimal ängstlich über seine Schulter; Baker sogar viermal.

In der dritten Nacht erschien das Auto und verschwand genauso spurlos wie vorher. Wieder trafen sich Baker und Bowman in der Mitte, um sich zu besprechen.

»Ich will dir was sagen, Baker«, meinte Bowman

schließlich. »Vielleicht siehst du Gespenster. Wenn ich an deiner Stelle wäre, würde es wahrscheinlich nicht auftauchen.«

Baker war sichtlich gekränkt.

»Na schön, Jim«, sagte er schließlich, »wenn du so darüber denkst, tauschen wir eben morgen abend die Posten. Wir brauchen ja im Revier nichts davon zu erzählen.«

»Das ist ein Wort«, rief Bowman fast enthusiastisch. »Ich wette, daß ich es nicht sehe.«

Am folgenden Abend machte Gendarm Bowman es sich auf dem Klappstuhl von Gendarm Baker gemütlich. Und *sah* das Phantomauto. Es kam mit dröhnendem Motor angerast, sauste vorbei und ließ ihn als zitterndes Nervenbündel zurück. Er nahm den Hörer ab und rief Baker an, der eine halbe Stunde lang nach dem Phantom Ausschau hielt. Nichts.

Letztendlich kommt ja alles in die Zeitungen. Und so war es auch mit dieser Geschichte. Der Reporter Hutchinson Hatch konnte sich ein ungläubiges Lächeln nicht verkneifen, als der Lokalredakteur seine unvermeidliche Zigarre beiseite legte und ihm kurz und bündig alle bisherigen Fakten erläuterte. Sie waren dürftig, um nicht zu sagen, gar nicht existent. In der Hauptsache bestanden sie aus der mehrfach bestätigten Aussage, daß ein allem Anschein nach durchaus greifbares Automobil Nacht für Nacht in die sogenannte Falle hineinfuhr und sich dort in Luft auflöste.

Trotzdem war etwas Seltsames daran, etwas, das Neugier erweckte und Fragen aufwarf. Hatch machte einen Ausflug in den Bezirk Yarborough, der nur etwa eine Stunde von Boston entfernt war, traf sich mit Baker und Bowman und schlenderte dann im hellen Tageslicht zweimal die sogenannte Falle ab. Es war der Versuch, durch eine langsame und gründliche Untersuchung feststellen zu können, wie ein Fahrzeug, das in die Falle hereinfuhr, wieder herauskommen konnte, ohne eines der beiden Enden passieren zu müssen.

Bei seinem ersten Rundgang achtete Hatch besonders auf die Straßenseite, die an Thomas Q. Rogers Grundstück grenzte. Die drei Meter hohe Mauer bestand aus einem durchgängigen Steinwall. An keiner Stelle fand sich auch nur das geringste Anzeichen dafür, daß sich irgendwo eine geheime Einfahrt befinden könnte. Eine geheime Einfahrt! Hatch mußte selber lächeln. Als er am anderen Ende – Bowmans Ende – ankam, war er jedenfalls von einer Sache vollkommen überzeugt: daß kein Wagen die gepflasterte Straße unter, über oder gar mitten durch Thomas Q. Rogers Grenzmauer hätte verlassen können. Auf dem gemächlichen Rückweg untersuchte Hatch nun ebenso sorgfältig die Seite, die an den Besitz von John Phelps Stocker stieß und als er am gegenüberliegenden Ende – Bakers Ende – ankam, war er noch von einer weiteren Sache überzeugt: daß kein Wagen die Straße über, unter oder durch John Phelps Stockers Grenzwall hätte verlassen können. Die einzige Öffnung in der Mauer war ein schmaler Fußpfad, nicht viel breiter als sechzig Zentimeter.

Hatch entdeckte keinerlei Gebüsch oder Gestrüpp, nichts außer einem sorgfältig gepflegten Streifen Grün. Auf der ganzen Strecke hätte man den Wagen weder bei Tag noch bei Nacht verstecken können. Löcher im Pflaster gab es auch nicht , durch die es in die Erde hätte verschwinden können. Unwillkürlich schaute er zum blauen Himmel hinauf. Vielleicht war das Automobil eine seltsame Art von Vogel ... oder ... oder ... plötzlich blieb er stehen.

»Heiliger Strohsack!« rief er. »Ich frage mich, ob ...«

Den Rest des Nachmittags verbrachte er mit systematischen Recherchen. Er ging von Haus zu Haus, besuchte das Anwesen von Stocker und das von Roger. Beide waren zu dieser Jahreszeit unbewohnt. Er durchsuchte Scheunen, Hütten und Schuppen. Doch als er sich gegen sieben Uhr abends am einen Ende der Falle einfand, um Baker Gesellschaft zu leisten, schien er nicht gerade mit Informationen gesegnet zu sein.

Noch einmal besprachen die beiden Männer die entscheidenden Fragen des Falles. Die Schatten wurden immer länger und schließlich war alles so dunkel, daß Bakers Laterne als der einzig helle Fleck weit und breit erschien. Während sich die Kühle der Nacht über sie breitete, wurden ihre Stimmen immer leiser und ehrfürchtiger. Hin und wieder glitt ein Auto vorbei und jedesmal, wenn es in Sicht kam, schaute Hatch fragend zu Baker hinüber. Und jedesmal schüttelte Baker den Kopf. Dann rief er Bowman an und informierte ihn über ein neues Auto, das in die Falle hineingefahren war.

»Er wird schon kommen«, meinte Baker nach einer langen Pause. »Ich kann es fühlen, sobald es da hinten aus der Kurve kommt. Diese beiden Scheinwerfer würde ich unter Tausenden wiedererkennen.«

Die beiden Männer saßen still nebeneinander und rauchten. Nach einer Weile tauchten zwei weiße, blendende Lichter in der Ferne auf und im gleichen Augenblick ließ Baker vor lauter Aufregung seine Pfeife fallen.

»Da ist er!« rief er aus. »So wahr mir Gott helfe!«

Und Hatch sah ihn kommen. Die Geschwindigkeit des

mysteriösen Wagens verschlug ihm den Atem. Wie die blendenden Augen eines Riesen streiften die beiden Scheinwerfer über sie hinweg, und Baker machte nur einen schwachen Versuch, ihn aufzuhalten. Als der Wagen an ihnen vorbeischoß, zerrte ein heftiger Windstoß an ihren Mänteln – Beweis genug für seine Realität. Hatch strengte die Augen an, um das Nummernschild des Wagens zu erkennen, aber das war ein hoffnungsloses Unterfangen. Das Heck des Wagens verlor sich in einer dichten Staubwolke.

»Hat ja wieder mal mächtig Fahrt drauf«, meinte Baker leise.

»Das kann man wohl sagen«, bestätigte Hatch.

Dann rief Baker Bowman an.

»Er ist wieder unterwegs. Halt die Augen auf und ruf mich zurück.«

Bowman wartete zwanzig Minuten und machte dann seine übliche Meldung: von dem Wagen keine Spur. Hutchinson Hatch war ein ruhiger, kühler, rationaler, junger Mann, aber jetzt lief ihm doch ein kalter Schauer über den Rücken. Er gab sich einen Ruck und griff nach einer Zigarette.

»Vielleicht gibt es doch eine Möglichkeit, herauszufinden, wo das Auto hinfährt«, erklärte er schließlich emphatisch. »Man muß jemanden genau in die Mitte postieren, direkt hinter der Kurve, und abwarten. Dann müsste man doch sehen können, ob das Auto in die Höhe geht, in den Erdboden versinkt oder sich in Luft auflöst.«

Baker musterte ihn neugierig.

»Also ich wäre nicht gerne der in der Mitte«, erklärte er. Man sah ihm an, daß ihm der Gedanke unbehaglich war.

»Ich auch nicht«, antwortete Hatch.

Nachdem Hatch die Geschichte von dem verschwundenen Automobil in seiner Zeitung veröffentlicht hatte, waren am nächsten Abend zwölf weitere Reporter zur Stelle. Die meisten machten keinen Hehl aus ihrer Skepsis; sie deuteten sogar an, daß Hatch ihnen einen Bären aufbinden wolle. Der lächelte weise.

»Wartet nur ab«, meinte er selbstsicher.

Als an diesem Abend die Dämmerung hereinbrach, hatten sich die Reporter der großen Stadt verschworen, dem verschwundenen Auto auf die Schliche zu kommen. Dreizehn Männer, mit Baker und Bowman fünfzehn, waren zur Stelle und vereinbarten, zwischen den beiden Gendarmen eine Kette von Wachtposten zu bilden. Sie wollten Ausschau nach dem Auto halten, beobachten, was geschah und später die Ergebnisse austauschen. So verteilten sie sich schließlich im Abstand von mehreren hundert Metern und harrten der Dinge, die da kommen sollten. In dieser Nacht aber zeigte sich das mysteriöse Automobil nicht, mit dem Ergebnis, daß alle zwölf Reporter über Hutchinson Hatch herzogen und meinten, er könne seine Geschichte in der Pfeife rauchen. Am nächsten Abend, als Hatch mit Baker und Bowman alleine war, kam das Geisterauto wieder angerauscht, als wäre es nie anders gewesen.

II

Wie ein Schuljunge mit einem schwierigen Problem wandte sich Hatch an Professor Augustus S. F. X. van Dusen, das Meisterhirn. Die Denkmaschine blinzelte an die Decke, presste die Fingerspitzen gegeneinander und hörte aufmerksam bis zum Schluß zu.

»Nun weiß ich zwar, daß Autos nicht fliegen können«, explodierte Hatch am Ende erregt, »aber wenn dieses hier nicht fliegt, fresse ich einen Besen. Es gibt nun mal keinen anderen Ausweg aus dieser sogenannten Falle. Ich habe alles gründlich untersucht – ich habe sogar den Randstreifen und den oberen Teil der Mauer unter die Lupe genommen, um herauszufinden, ob es vielleicht irgendwo Spuren gibt, die auf eine Rampe oder so etwas ähnliches hindeuten, mit der man das Auto über die Mauer hat befördern können.«

Die Denkmaschine blinzelte ihn fragend an.

»Sind Sie ganz sicher, daß Sie ein Automobil gesehen haben?« fragte er gereizt.

»Gewiß habe ich es gesehen«, entgegnete der Reporter. »Und nicht nur gesehen – auch gerochen. Und um mich engültig von seiner Existenz zu überzeugen, habe ich meinen Spazierstock vor das Ding geworfen: es hat ihn in tausend Stücke zermalmt.«

»Wenn alles, was Sie mir sagen, stimmt, dann ist es durchaus möglich, daß es sich um ein fliegendes Automobil handelt«, meinte der Wissenschaftler.

Der Reporter glaubte einen Augenblick lang, nicht richtig gehört zu haben und schaute in das ruhige, unergründliche Gesicht der Denkmaschine. Dann aber wußte er, daß er sich nicht geirrt hatte.

»Wollen Sie etwa sagen, daß es tatsächlich so etwas wie ein Auto mit Flügeln sein könnte?« fragte er eifrig.

»Auszuschließen ist es nicht«, meinte der Wissenschaftler.

»Ich habe selber schon an so etwas gedacht«, erklärte Hatch. »Daraufhin habe ich im Umkreis einer Meile jeden ausgefragt, der mir über den Weg lief, aber nichts erfahren können.«

»Vielleicht ist diese gerade Strecke eine willkommene Gelegenheit für einen tollkühnen Tüftler, der genug Geschwindigkeit braucht, um eine kurze Strecke in einer Lichtmaschine zurückzulegen«, fuhr der Wissenschaftler fort.

»Lichtmaschine?« wiederholte Hatch. »Habe ich Ihnen nicht gesagt, daß sich vier Menschen in diesem Auto befanden?«

»Vier Menschen?« rief der Wissenschaftler aus. »Meine Güte! Meine Güte! Das ändert natürlich alles. Das Gewicht von vier Menschen wäre zu groß, um ...«

Zehn Minuten lang saß er schweigend neben Hatch. Winzige, spinnwebenartige Linien erschienen auf seiner hohen, gewölbten Stirn. Schließlich stand er auf und ging ins Nebenzimmer. Einen Augenblick später hörte Hatch das Geräusch der Wählscheibe. Nach fünf Minuten kehrte die Denkmaschine ins Zimmer zurück und schaute ihn mißbilligend an.

»In Wirklichkeit wollen Sie doch wohl wissen, ob der Wagen ein... ein... tatsächlich existiert und wem er gehört, nicht wahr?«

»Genau«, stimmte der Reporter zu. »Und natürlich, warum er das macht und wie er es immer wieder schafft, aus der Falle zu entkommen.«

»Kennen Sie zufällig einen Radrennfahrer, der Langstrecken fahren kann?« fragte die Denkmaschine plötzlich aus heiterem Himmel.

»Mindestens ein Dutzend«, antwortete Hatch prompt. »Ich glaube, ich weiß, worauf Sie hinauswollen, aber ... «

»Ich fürchte, da sind Sie auf dem Holzweg«, erklärte die Denkmaschine schroff. »Wenn Sie einen schnellen Rennfahrer kennen, dem eine Entfernung von dreißig, vierzig, vielleicht auch fünfzig Meilen nichts ausmacht, könnten wir diesen Fall ohne nennenswerte Schwierigkeiten lösen.«

Unter diesen Umständen lernte Professor Augustus S. F. X. van Dusen, Ph. D.; LL. D.; F. R. S.; M. D.; etc. pp.; Wissenschaftler und Logiker, den berühmten Jimmie Thalhauer, Weltmeister im Langstreckenfahren kennen. Thalhauer hielt jeden Rekord, von fünf Meilen bis sechs Stunden, hatte zweimal das Sechstagerennen gewonnen und war der unangefochtene Champion seiner Disziplin. Mit einem Zahnstocher im Mund betrat er das Labor des Wissenschaftlers. Hatch stellte die beiden einander vor.

»Sie fahren also Fahrrad?« fragte der schmächtige Wissenschaftler mürrisch.

»So kann man es nennen«, bekannte der Meister bescheiden und blinzelte Hatch zu.

»Könnten Sie es auf einer Strecke von, sagen wir, dreißig, vierzig Meilen mit einem Automobil aufnehmen?«

»Ich nehme es mit allem auf, was keine Flügel hat«, antwortete der Rennfahrer.

»Nun, um die Wahrheit zu sagen, es besteht durchaus die Möglichkeit, daß dieses Automobil Flügel besitzt, und sie scheint sich immer mehr zu verdichten«, sagte die Denkmaschine. »Wie dem auch sei, wenn Sie es mit ihm aufnehmen können ...«

»Ach, lassen Sie die Scherze«, sagte der Champion lässig. »Ich schlage alles, was Räder hat. Ich gebe ihm einen Vorsprung und fange ihn trotzdem noch vor dem Ziel ab.«

Die Denkmaschine bestaunte den Champion Jimmie Thalhauer wie eine Kuriosität. In der Abgeschiedenheit seines Labors hatte er nie die Möglichkeit gehabt, einen derart mitten im Leben stehenden jungen Mann kennenzulernen.

»Wie schnell sind Sie, Mr. Thalhauer?« fragte er schließlich.

»Ich schäme mich fast, es zu sagen«, entgegnete der Meister mit leiser Stimme. »Ich bin so schnell, daß ich manchmal selber Angst bekomme.« Er machte eine kleine Pause und fuhr dann fort. »Aber wenn es um dreißig oder vierzig Meilen geht, sollte ich vielleicht lieber ein Motorrad nehmen, scheint mir.«

»Tja, das ist es ja gerade«, erklärte die Denkmaschine. »Ein Motorrad erzeugt Lärm und wenn wir in der Lage wären, es einzusetzen, hätten wir uns wahrscheinlich eher für ein schnelles Automobil entschieden. Wir haben, kurz gesagt, folgendes vor: Sie müssen ohne Licht einem Wagen folgen, der höchstwahrscheinlich ebenfalls ohne Licht fährt und herausfinden, wohin er fährt. Die Insassen des Wagens dürfen auf keinen Fall bemerken, daß sie verfolgt werden.«

»Ohne Licht?« gab Thalhauer zurück. »Junge, Junge, auf leisen Sohlen also, wie?«

Die Denkmaschine betrachtete ihn erstaunt.

»So ungefähr«, antwortete Hatch für ihn.

»Könnte eine vierspaltige Schlagzeile abgeben, wie?« meinte der Champion. »Mit ein paar Photos vom Champion dabei, was meinen Sie?«

»Ja«, antwortete Hatch.

»Von einem Fahrrad zur Strecke gebracht – klingt doch gut, oder?«

Hatch nickte nur.

So wurde man sich einig und die Denkmaschine gab dem Champion gleich an Ort und Stelle ein paar klare und umfassende Anweisungen. Sie bezogen sich zwar ausführlich auf das vor ihnen liegende Problem, verschafften dem Reporter aber trotzdem nicht den geringsten Hinweis auf die Pläne des Wissenschaftlers. Am Ende erhob sich der Champion, um zu gehen.

»Sie sind ein äußerst bemerkenswerter junger Mann, Mr. Thalhauer«, beschied ihn die Denkmaschine, nicht ohne eine gehörige Portion Bewunderung für die athletische Figur des Sportlers.

Doch als Hatch den Champion zur Tür hinaus und die Treppe hinunter begleitete, lächelte dieser verschmitzt.

»Komischer Kauz, der Alte! Wie?«

Nacht! Tiefste Finsternis, unterbrochen nur vom weißen Band der Straße, die sich durch den Dunst eines sternenlosen Himmels windet. An beiden Seiten dunkle Hecken, aus deren Schatten sich hin und wieder der Umriss eines Baumes löst. Das Gemurmel menschlicher Stimmen, dann das Dröhnen eines Motors. Ein Automobil rollt langsam und mit ausgeschalteten Scheinwerfern in die Straße hinein. Dann heult der Motor auf und der Wagen schießt davon.

Aus der Hecke dringt das leise Rascheln von Blättern im Wind, dem unmerklich eine dunkle Gestalt folgt. Einen Augenblick später hat sie sich ganz von ihr gelöst, ist nur noch eine schnelle Bewegung, erkennbar am Knirschen des ledernen Fahrradsattels. Tief über den Lenker gebeugt, folgt die Gestalt mit zunehmender Geschwindigkeit dem Wagen.

Und dies ist der Beginn eines langen, verzweifelten Rennens. Meile um Meile verschwindet unter ihren Reifen. Lautlos kämpft sich der Fahrradfahrer bis zur Hinterachse des Automobils vor und hängt sich halsstarrig in dessen Windschatten. Immer weiter gleiten sie vollkommen geräuschlos durch die Dunkelheit, der Fahrer des Wagens in perfekter Kenntnis der Straße, der einsame Fahrradfahrer mit zusammengebissenen Zähnen und fest entschlossen, sich nicht abschütteln zu lassen. Die kräftigen Beine bewegen sich wie zwei Kolben im Rhythmus des Motors auf und ab.

Seine Kehle ist ausgetrocknet und die Augen brennen, aber schließlich merkt der Radfahrer, wie der Fahrer des Wagens abbremst und läßt sich zurückfallen. Jetzt folgt er dem Wagen nur noch in Hörweite. Das Auto rollt aus, der Radfahrer verschwindet im Schatten der Hecke.

Zwei oder drei Stunden lang bleibt der Wagen einsam und verlassen stehen. Dann sind wieder Stimmen zu hören, der Motor springt an, der Wagen schießt davon, aber wieder bleibt ihm der Radfahrer dicht auf den Fersen. Ein neues Rennen, diesmal in entgegengesetzter Richtung, beginnt. Schließlich kann man von einer kleinen Anhöhe aus die Lichter der Stadt erkennen. Doch es vergehen noch weitere zehn Minuten, bis der Fahrer abbremst, die Scheinwerfer aufflammen und der Wagen seine Fahrt gemächlich fortsetzt.

Am folgenden Abend suchte die Denkmaschine in Begleitung von Hutchinson Hatch den Präsidenten der Fordyce National Bank, Mr. Fielding Stanwood, auf. Mr. Stanwood maß sie mit einem verwunderten Blick.

»Mr. Stanwood«, erklärte die Denkmaschine. »Wir sind gekommen, um Sie davon in Kenntnis zu setzen, daß in Ihrer Bank ein Paket mit Sicherheiten, wahrscheinlich Bundesobligationen der Vereinigten Staaten, vermißt wird.«

»Wie bitte?« rief Stanwood aus und wurde bleich. »Handelt es sich um einen Überfall?«

»Ich weiß nur, daß besagte Obligationen heute nacht von einem gewissen Joseph Marsh, Ihrem stellvertretenden Kassierer, aus dem Tresor entwendet wurden, sowie daß er zusammen mit drei weiteren Männern die Bank mit dem Paket verließ und sich jetzt an einem Ort befindet, dessen Namen mir bekannt ist«, antwortete die Denkmaschine.

Mr. Stanwood starrte ihn entgeistert an.

»Sie wissen, wo sie sich befinden?«

»Das sagte ich bereits«, antwortete der Wissenschaftler knapp.

»Dann müssen wir sofort die Polizei benachrichtigen und ...«

»Ich wüßte nicht, daß hier ein Verbrechen begangen wurde«, fiel ihm die Denkmaschine ins Wort. »Ich kann Ihnen nur sagen, daß seit einer Woche diese Obligationen mit dem stillschweigenden Einverständnis Ihres Wachmannes Nacht für Nacht aus dem Tresor entwendet und jedesmal noch vor Anbruch der Dämmerung sicher in die Bank zurückbefördert wurden. Deshalb gebe ich Ihnen den guten Rat, nichts zu unternehmen, bis die Männer mit den Obligationen zurückgekommen sind.«

Es war eine ganz besondere Gesellschaft, die sich kurz nach Mitternacht im Büro von Präsident Stanwood einfand. Marsh und seine drei Komplizen, formell unter Arrest, waren anwesend, außerdem Präsident Stanwood, die Denkmaschine, Hatch sowie einige Beamte. Marsh hatte die Obligationen unter dem Arm, als er verhaftet wurde und machte während der Vernehmung einen durchaus geständigen Eindruck.

»Ich will gerne zugeben«, begann er ohne zu zögern, »daß ich meine Rechte überspannt habe, aber für eine Anklage reicht es nicht aus. Ja, ich habe die Obligationen aus dem Tresor entwendet, aber ich bin ein verantwortungsbewußter Angestellter dieser Bank und habe ihr Vertrauen niemals mißbraucht. Nichts fehlt, nichts wurde gestohlen. Jede einzelne Obligation, die die Bank verließ, ist zurückgebracht worden.

»Aber warum, warum haben Sie die Obligationen dann mitgenommen?« fragte Mr. Stanwood.

Marsh zuckte die Achseln.

»Es geht hier um etwas, das man ›schnelles Geld‹ nennt«, mischte sich die Denkmaschine ein. »Mr. Hatch und ich haben heute einige Nachforschungen angestellt. Mr. Marsh und diese Männer hier sind an einem bestimmten Geschäft interessiert, das ethisch zwar zweifelhaft ist, sich aber im Rahmen der Gesetze bewegt. Für dieses Projekt brauchten sie etwa eine Million Dollar. Jene vier oder fünf betuchten Herren, mit denen sie ins Geschäft kommen wollten, fanden sich in der vergangenen Woche Abend für Abend in Marshs Landhaus ein. Es war notwendig, sie davon zu überzeugen, daß das Projekt bereits über eine Million Startkapital verfügen konnte. Daher liehen sie sich diese Obligationen und gaben sie als ihr Eigentum aus. Sie wurden in einer Art von ... äh ... Automobil zwischen Bank und Landhaus hin und her transportiert. Das ist alles. Es gründet sich auf Informationen, die Hatch zusammengetragen hat und das, was meine Wenigkeit mit einem Minimum an Logik daraus gemacht hat.«

So hatte sich die Sache tatsächlich verhalten. Marsh und seine Komplizen bestätigten die Geschichte. Erst, als sie sich auf dem Heimweg befanden, erläuterte die Denkmaschine Hatch die Sache mit dem verschwundenen Auto.

»Dieses sogenannte Geisterauto ist natürlich das Fahrzeug, mit dem die Obligationen transportiert wurden. Die Phantomidee ergab sich eigentlich durch Zufall, und zwar in der Nacht, als Baker den Wagen zum erstenmal bemerkte. Er war gerade auf dem Weg zu einer Besprechung in Marshs Landhaus und mußte unbedingt pünktlich dort sein. Eine Straßenkarte zeigt, daß der kürzeste Weg von der Bank zu Marshs Landhaus durch die sogenannte Falle führt. Wenn man sie bis zur Hälfte durchfährt, dann quer durch den Stocker-Besitz auf die andere Seite, kann man die Entfernung um gute fünf Meilen verkürzen. Dieser Zeitgewinn war natürlich von besonderem Wert für Marsh, der die Falle nur halb durchfuhr, dann mit dem Wagen Stockers Besitz durchquerte und auf der anderen Seite genau vor seinem Haus ankam.«

»Aber wie?« fragte Hatch. »Es gibt doch dort gar keine Verbindungsstraße.«

»Ich habe Mr. Stocker angerufen und in Erkundigung gebracht, daß dort ein schmaler Pfad von der Falle durch seinen Besitz bis zur anderen Straße führt. Das Geisterauto war nämlich in Wirklichkeit gar kein Auto, sondern zwei, mit Sitzen, Chassis und einem Lenker ausgerüstete Motorräder. Die französische Armee experimentiert mit solchen Tricks. Es ist also relativ einfach, das ganze Fahrzeug auseinanderzunehmen und auf den Motorrädern durch den schmalen Durchgang bis zur anderen Straße zu fahren. Die Sitze sind leicht, man kann sie bequem unter dem Arm tragen!

»Oha!« rief Hutchinson Hatch anerkennend. Und fragte einen Augenblick später: »Aber was war Jimmie Thalhauers Aufgabe in diesem Spiel?«

»Er wartete auf der anderen Seite des Pfades neben der Straße«, antortete der Wissenschaftler. »Nachdem das Auto wieder zusammengesetzt worden war, folgte er ihm bis zu Marshs Haus und von da zur Bank. Den Rest haben Sie und ich heute herausgearbeitet. Logik, Mr. Hatch, nichts als Logik.«

Er schwieg einen Moment.

»Dieser Jimmie Thalhauer ist wirklich ein prächtiger junger Mann, wie?«

EIN PERFEKTES ALIBI

I

Durch den düsteren Nebel, der schwer zwischen den hohen Holzzäunen zu beiden Seiten der dunklen Gasse hing, schlich die schattenhafte Gestalt eines Mannes. Gelegentlich schaute er sich über die Schulter, aber im großen und ganzen war sein Augenmerk auf die linke Seite gerichtet, wo der Zaun die Hinterhöfe einer Reihe von imposanten, braunen Sandsteinhäusern abschloß. Jetzt blieb er stehen und machte sich an einem Tor zu schaffen. Dieses öffnete sich lautlos und die Gestalt verschmolz mit dem Nebel. Eine Pause. Ein Mann kam aus dem Tor, schloß es sorgfältig und ging durch die schmale Gasse, bis er eine Kreuzung erreichte, die vom Licht einer Straßenlaterne hell erleuchtet wurde.

Wachtmeister Gillis stand im Schein der Laterne an einer der Straßenecken und grübelte über irgendwelchen persönlichen Problemen, als er das hastige Tap-Tap-Tap von Fußtritten vernahm, die etwa einen Block entfernt waren und auf ihn zukamen. Er schaute auf und sah einen Mann, der sich aus dem wabernden Nebel löste. Als er näher kam, erkannte der Wachtmeister, daß er sich die rechte Hand an die Wange hielt.

»Guten Abend, Wachtmeister«, sagte der Fremde nervös. »Kennen Sie vielleicht hier irgendwo in der Nähe einen Zahnarzt?«

»Zahnschmerzen?« fragte Gillis.

»Ja, ich sterbe vor Schmerzen«, antwortete der andere. »Er muß gezogen werden, sonst ... sonst werde ich noch verrückt!«

Der Wachtmeister grinste mitleidig. »Das kenne ich«, sagte er. »Habe ich selber schon durchgemacht. Sie sind dort hinten gerade an einem vorbeigekommen, aber hier, gleich gegenüber, gibt es noch einen «, und damit zeigte er auf eine Reihe von braunen Sandsteinhäusern. »Dr. Paul Sitgreaves. Er ist eine Kapazität, allerdings fallen dementsprechend auch seine Honorare aus.«

»Vielen Dank«, sagte der andere.

Der Polizist schaute ihm nach, als er die Straße überquerte, die kleine Treppe hinaufstieg und an der Haustür klingelte. Nach wenigen Augenblicken öffnete sich die Tür, der Fremde trat ein und Wachtmeister Gillis setzte seine Streife fort.

»Ist Dr. Sitgreaves im Hause?« fragte der Fremde den Bediensteten, der ihm aufgemacht hatte.

»Ja.«

»Würden Sie ihn bitte fragen, ob er mir einen Zahn ziehen kann? Ich habe heftige Schmerzen und ...«

»Für gewöhnlich behandelt der Doktor keine Notfälle«, unterbrach ihn der Diener.

»Hier«, sagte der Fremde und drückte ihm einen Geldschein in die Hand. »Wecken Sie ihn, ich bitte Sie. Sagen Sie ihm, es sei ein dringender Fall!«

Der Dienstbote warf einen Blick auf den Schein und öffnete dann die Tür zum Wartezimmer, um den Patienten einzulassen.

Fünf Minuten später trat Dr. Sitgreaves ein, gähnte ostentativ und nickte seinem Patienten zu.

»Ich bitte um Verzeihung, daß ich Sie aus dem Bett holen mußte«, entschuldigte sich der Fremde, »aber ich habe die ganze Nacht kein Auge zutun können.«

Er schaute sich um, bis sein Blick auf eine Wanduhr fiel. Dr. Sitgreaves schaute ebenfalls auf die Uhr. Die Zeiger standen auf ein Uhr dreiundfünfzig.

»Oje«, seufzte Dr. Sitgreaves. »Schon beinahe zwei! Ich muß tief geschlafen haben. Ich dachte erst, es könne nicht mehr als eine Stunde her sein, daß ich zu Bett gegangen bin.« Er machte eine Pause, gähnte erneut und streckte sich. »Wo tut es denn weh?«

»Es ist der Backenzahn hier«, antwortete der Fremde und öffnete den Mund.

Dr. Sitgreavs warf einen formellen Blick hinein und griff dann nach den gefürchteten Folterinstrumenten.

»Der Zahn ist noch zu gut, um gezogen zu werden«, erklärte er, nachdem er ihn untersucht hatte. »Es ist nur ein kleines Loch.«

»Ich weiß auch nicht, was mit dem Zahn los ist«, erwiderte der andere ungeduldig. »Ich weiß nur, daß er schmerzt. Ich könnte die Wände hochgehen, so weh tut er.«

Dr. Sitgreaves blieb würdevoll und ernst, wie es seinem Beruf entsprach, doch entgingen ihm nicht der gequälte Ausdruck, das nervöse Zittern der Hände und die ungewöhnliche Blässe seines Patienten.

»Sie haben Schmerzen«, stellte er schließlich fest, »daran besteht kein Zweifel. Aber es liegt nicht am Zahn. Es ist eine Neuralgie.«

»Ziehen Sie ihn trotzdem«, bat der Fremde. »Der Zahn

schmerzt mich ständig – irgendwie muß es jetzt ein Ende haben.«

»Aber es wäre nicht klug«, versicherte ihm der Zahnarzt. »Mit einer Füllung können Sie den Zahn noch retten. Hier . . .«, und damit verrührte er ein Pulver in einem Glas Wasser, »trinken Sie und wir werden sehen, ob es Ihnen danach nicht besser geht.«

Der Fremde stürzte die sprudelnde Flüssigkeit in einem Zug herunter.

»Kommen Sie, setzen Sie sich ein paar Minuten hierher«, forderte der Arzt ihn auf. »Wenn die Schmerzen nicht nachlassen und Sie immer noch darauf bestehen, den Zahn zu ziehen, dann natürlich . . . «

Damit setzte er sich selber und schaute auf die Uhr an der Wand. Danach warf er einen Blick auf seine Taschenuhr und steckte sie wieder in die Schlafanzugtasche. Sein Patient nahm sich mit größter Anstrengung zusammen.

»Das ist typisches Neuralgie-Wetter«, meinte der Zahnarzt träge. »Neblig und feucht.«

»Muß wohl so sein«, sagte der andere. »Der Schmerz fing gegen zwölf Uhr an, gerade, als ich mich hingelegt hatte und wurde dann so heftig, daß ich es nicht mehr aushalten konnte. Also zog ich mich an und ging spazieren. Aber auch das half nichts. Schließlich traf ich auf einen Polizisten und der schickte mich hierher.«

Mehrere Minuten saßen die beiden Männer schweigend nebeneinander.

»Fühlen Sie sich jetzt besser?« fragte der Zahnarzt schließlich.

»Nein«, kam die Antwort. »ich glaube, Sie sollten ihn ziehen.«

»Wie Sie wünschen!«

So wurde der kranke Zahn gezogen, der Fremde zahlte mit einem Seufzer der Erleichterung und machte sich dann auf den Heimweg. An der Haustür drehte er sich noch einmal um.

»Wieviel Uhr ist es jetzt, Herr Doktor?«

»Siebzehn Minuten nach zwei.«

»Danke sehr«, verabschiedete sich der Fremde, »vielleicht bekomme ich noch einen Wagen.«

»Gute Nacht«, wünschte ihm der Zahnarzt.

»Gute Nacht.«

Durch den düsteren Nebel, der schwer zwischen den hohen Holzzäunen zu beiden Seiten der dunklen Gasse hing, schlich die schattenhafte Gestalt eines Mannes. Gelegentlich schaute er sich um, aber im großen und ganzen war sein Augenmerk auf die linke Seite gerichtet, wo der Zaun die Hinterhöfe einer Reihe von imposanten braunen Sandsteinhäusern abschloß. Jetzt blieb er stehen und machte sich an einem Tor zu schaffen. Dieses öffnete sich lautlos und die Gestalt verschmolz mit dem Nebel. Eine Pause. Ein Mann kam aus dem Tor, schloß es sorgfältig und ging durch die schmale Gasse, bis er eine Kreuzung erreichte, die vom Licht einer Straßenlaterne hell erleuchtet wurde.

Am nächsten Morgen gegen acht Uhr wurde Paul Randolph De Forrest, ein prominenter junger Mann der gehobenen Gesellschaft, ermordet im Wohnzimmer seiner Suite in dem großen Avon-Apartmenthaus gefunden. Der Tod war offensichtlich schon vor einigen Stunden eingetreten. Er lag mit dem Oberkörper quer über der Platte seines Schreibtisches. Die Mordwaffe war einer der zahllosen, exotischen Dolche, mit denen er die Wände seiner Wohnung geschmückt hatte. Die Klinge hatte das Herz um einige Zentimeter verfehlt, doch der Tod mußte innerhalb weniger Minuten eingetreten sein.

Detective Mallory eilte in Begleitung des amtlichen Leichenbeschauers in die Wohnung. Gemeinsam hoben sie den Toten auf. Unter seinem Körper fanden sie ein Blatt Papier, auf das ein paar Worte gekritzelt waren; in der rechten Hand einen Stift. Der Detective warf einen Blick auf das Papier, fuhr zusammen und schaute dann noch einmal genauer hin. In der krakeligen, unsicheren und zittrigen Handschrift des Toten entzifferte er folgende unzusammenhängenden Worte:

»Ermordet****Franklin Chase****Streit****stach auf mich ein****ich sterbe****Gott steh mir bei-****Uhr schlägt 2****lebt wohl.«

Der Detective biß grimmig die Zähne zusammen. Hier hatte er Verbrecher, Motiv und Zeit, alles auf einmal. Nach einer gründlichen Untersuchung der Wohnung stieg er die Treppe hinunter in das Stockwerk mit den Büros, um hier seine Nachforschungen fortzusetzen. Als erstes befragte er den Liftpagen, Moran. Er hatte in der vorigen Nacht Dienst gehabt. Kannte er Franklin Chase? Ja. Hatte Mr. De Forrest in der letzten Nacht Besuch von Mr. Chase gehabt? Ja.

»Um wieviel Uhr war er hier?«

»Er kam so gegen halb zwölf, würde ich sagen. Er und Mr. De Forrest kamen zusammen aus dem Theater.«

»Wann verließ Mr. Chase die Wohnung?«

»Das weiß ich nicht. Ich habe ihn nicht gesehen.«

»Könnte es gegen zwei gewesen sein?«

»Das kann ich Ihnen nicht sagen, Sir«, antwortete

Moran. »Ich werde... ich werde Ihnen alles erzählen, was ich darüber weiß. Ich hatte die ganze Nacht Dienst. Kurz vor zwei erhielt ich telephonisch ein Telegramm für Mr. Thomas – er wohnt im zweiten Stock. Ich nahm es in Empfang und trug auch die Uhrzeit ein. Es war genau sechs Minuten vor zwei. Dann ging ich zu Fuß in den zweiten Stock – zwei Treppen hoch und überbrachte Mr. Thomas die Nachricht. Als ich an Mr. De Forrests Tür vorbeikam, hörte ich laute Stimmen, offensichtlich stritten sich zwei Personen. Ich achtete nicht darauf und ging weiter. Bei Mr. Thomas hielt ich mich vielleicht fünf oder sechs Minuten auf. Auf dem Rückweg kam ich wieder an Mr. De Forrests Tür vorbei, aber diesmal war nichts mehr zu hören, daher dachte ich auch nicht weiter darüber nach.«

»Sie würden also sagen, es war fünf vor zwei, als Sie an De Forrests Tür vorbeikamen?« fragte der Detective.

»Es kann auch eine Minute früher oder später gewesen sein, Sir.«

»Und auf dem Rückweg war es ungefähr zwei Uhr – ebenfalls mit einer Minute Spielraum?«

»Ja.«

»Aha!« rief der Detective. »Das stimmt vollkommen mit den anderen Angaben überein und stellt den Zeitpunkt des Mordes außer Frage.« Er dachte dabei an den Satz »Uhr schlägt 2«, die der Tote noch aufgeschrieben hatte. »Haben Sie die Stimmen wiedererkannt?«

»Nein, Sir, das konnte ich nicht. Sie waren nicht sehr deutlich.«

Soweit Morans Aussage. Detective Mallory rief beim Telegraphenamt an und ließ sich bestätigen, daß um sechs Minuten vor zwei ein Telegramm an Mr. Thomas durchgegeben worden war. Detective Mallory war höchst zufrieden.

Innerhalb von einer Stunde wurde Franklin Chase festgenommen. Er lag im tiefsten Schlaf, als Detective Mallory an die Tür seines Zimmers klopfte. Es befand sich in einer Pension, die nicht mal einen Häuserblock vom Avon entfernt war. Er schien überrascht, als er erfuhr, daß er unter Mordverdacht stand, nahm es aber gelassen hin.

»Es muß sich um einen Irrtum handeln«, sagte er nur.

»Ich begehe keine Irrtümer«, entgegnete der Detective. Er hatte ein ziemlich kurzes Gedächtnis.

Die folgenden polizeilichen Ermittlungen förderten weiteres belastendes Material gegen Chase zutage. Man fand Blutspuren an seinen Händen und einen Blutstropfen auf dem Hemd, das er am Abend zuvor getragen hatte. Drei Hausbewohner – junge Leute, die spät nach Hause gekommen waren und an seine Tür geklopft hatten – bestätigten, daß er um zwei Uhr nicht in seinem Zimmer gewesen war.

Noch am selben Nachmittag wurde Chase dem Haftrichter vorgeführt. Detective Mallory legte ihm den Fall dar und ließ seine Ergebnisse durch die Zeugen bestätigen. Er bewies die Übereinstimmung der Handschrift des Toten mit der Schrift auf dem Papier, das man bei ihm gefunden hatte. Er belegte, daß Chase um halb zwölf Uhr bei De Forrest gewesen und daß es zum Streit – oder einer Auseinandersetzung – gekommen war, der sich zuspitzte und tragisch endete. Am Schluß wies er noch auf die Blutspuren an Händen und Kleidung des Verhafteten hin.

Der ehrenwerte Richter betrachtete den Gefangenen eine Weile und griff dann nach seinem Füller, um den Haftbefehl zu unterschreiben.

»Dürfte ich vielleicht auch etwas sagen, ehe wir weitermachen?« fragte da Mr. Chase.

Der Richter murmelte, daß alles, was der Angeklagte aussage, gegen ihn verwandt werden könne.

»Ich verstehe«, sagte der Angeklagte und nickte, »aber ich werde beweisen, daß es sich hier um einen Irrtum handelt – einen gravierenden Irrtum. Ich sehe ein, daß es sich um Mr. De Forrests Handschrift handelt; ich gebe zu, daß ich um halb zwölf bei ihm war und daß die Flecken auf meiner Hand und auf dem Hemd Blutspuren sind.«

Der Richter starrte ihn sprachlos an.

»Ich kannte Mr. De Forrest seit mehreren Jahren«, fuhr der Gefangene langsam fort. »Gestern abend traf ich ihn im Theater und begleitete ihn nach Hause. Um halb zwölf erreichten wir das Avon-Haus. Ich ging mit hinauf, blieb jedoch nur zehn oder fünfzehn Minuten. Dann ging ich nach Hause. Als ich in mein Zimmer kam, war es fünf vor zwölf. Ich legte mich ins Bett und blieb dort liegen, bis ich, aus einem Grund, auf den ich noch zu sprechen kommen werde, wieder aufstand, mich ankleidete und gegen zehn nach eins das Zimmer wieder verließ. Wenige Minuten nach drei kehrte ich nach Hause zurück.«

Detective Mallory lächelte sarkastisch.

»Als ich heute morgen verhaftet wurde, schickte ich Nachricht an drei Personen«, fuhr der Gefangene unbeeindruckt fort, »zwei davon sind zufälligerweise Beamte, der dritte ein Stadtplaner. Darf ich ihn bitten, jetzt vorzutreten?«

Es gab einige Aufregung unter den Zuschauern und der Richter kratzte sich nachdenklich am Ohr. Der Stadtplaner Malcolm kam verwundert nach vorne.

»Sind Sie Mr. Malcolm?« fragte der Angeklagte. »Ja?

Sehen Sie, wir haben hier eine von Ihrem Amt erstellte Stadtkarte. Nun würde ich gern von Ihnen wissen, wie weit es von diesem Punkt hier«, und damit zeigte er dorthin, wo das Avon-Haus stand, »zu dem hier ist.« Er deutete auf einen ziemlich weit entfernten Punkt.

Der Stadtplaner studierte die Karte sorgfältig.

»Mindestens zweieinhalb Meilen«, antwortete er.

»Würden Sie das auch unter Eid aussagen?«

»Natürlich – ich habe es ja selber ausgemessen.«

»Haben Sie vielen Dank«, sagte der Angeklagte höflich und wandte sich der Menge im hinteren Teil des Saales zu. »Ist der Wachtmeister mit der Dienstnummer 1123 im Gerichtssaal? Ich kenne leider seinen Namen nicht.«

Wieder gab es erregtes Gemurmel im Publikum und dann trat Wachtmeister Gillis vor.

»Erinnern Sie sich an mich?« fragte der Angeklagte.

»Gewiß«, antwortete der Beamte.

»Wissen Sie noch, wo Sie mich letzte Nacht gesehen haben?«

»Hier, auf dieser Kreuzung«, sagte Gillis und markierte genau jene Stelle auf der Karte, die der Angeklagte zuvor bezeichnet hatte. Der Richter beugte sich eifrig vor, um die Karte zu studieren; Detective Mallory zupfte nervös an seinem Schnurrbart. Auch dem Angeklagten sah man die große innere Anspannung an.

»Können Sie sich noch daran erinnern, wieviel Uhr es war, als Sie mich dort trafen?«

Wachtmeister Gillis überlegte eine Weile.

»Nein«, sagte er schließlich. »Ich hörte zwar kurz danach die Kirchturmuhr schlagen, achtete aber nicht weiter darauf.«

Das Gesicht des Angeklagten wurde einen Augenblick lang kreidebleich; er nahm sich jedoch schnell wieder zusammen.

»Sie haben nicht zufällig die Schläge gezählt?«

»Wie gesagt, ich habe nicht darauf geachtet.«

Chases Gesicht gewann wieder an Farbe, aber dennoch schwieg er einen Augenblick lang. Dann meinte er:

»Es war zwei, als Sie die Uhr schlagen hörten?« Es klang beiläufig, weniger wie eine Frage als vielmehr wie eine Feststellung.

»Ich weiß es nicht«, sagte Gillis. »Durchaus möglich. Wahrscheinlich war es so.«

»Was habe ich zu Ihnen gesagt?«

»Sie fragten mich nach der Adresse eines Zahnarztes und ich schickte Sie zu Dr. Sitgreaves, der seine Praxis genau gegenüber hat.«

»Haben Sie gesehen, wie ich das Haus von Dr. Sitgreaves betrat?«

»Ja.«

Der Angeklagte warf einen Blick auf den Richter, doch der ehrwürdige Rechtsgelehrte behielt seine Würde.

»Dr. Sitgreaves, bitte?« rief der Angeklagte.

Der Zahnarzt trat in den Zeugenstand und nickte dem Angeklagten zu.

»Erinnern Sie sich an mich, Doktor?«

»Ja.«

»Dürfte ich Sie bitten, dem Gericht mitzuteilen, wo Sie wohnen? Könnten Sie es uns bitte hier auf der Stadtkarte zeigen?«

Dr. Sitgreaves zeigte mit dem Finger auf dieselbe Stelle, die zuvor der Angeklagte und Wachtmeister Gillis markiert hatten – eine Kreuzung, die etwa zweieinhalb Meilen vom Avon-Haus entfernt war.

»Mein Haus ist das dritte vor der Kreuzung«, erklärte der Zahnarzt.

»Sie haben mir letzte Nacht einen Zahn gezogen?« fuhr der Angeklagte fort.

»Richtig.«

»Hier?« fragte der Angeklagte und öffnete den Mund.

Der Zahnarzt warf einen Blick hinein.

»Ja«, antwortete er.

»Sie werden sich bestimmt erinnern, daß wir auf die Uhr schauten, kurz nachdem ich bei Ihnen vorgesprochen hatte. Wissen Sie noch, wieviel Uhr es war?«

»Ein paar Minuten vor zwei, sieben oder acht Minuten vor zwei, glaube ich.«

»Sie haben auch auf ihre Taschenuhr geschaut. Stimmte die mit der an der Wand überein?«

»Ja, die Differenz betrug höchstens eine Minute.«

»Und wann verließ ich Ihre Praxis?« fragte der Angeklagte weiter.

»Genau um siebzehn Minuten nach zwei – das weiß ich noch sehr gut.«

Zweimal schaute sich der Angeklagte geistesabwesend im Saal um, bis seine Augen auf die des Detectives stießen. Er starrte den Beamten eine Weile an und wandte sich dann wieder dem Zahnarzt zu. »Als Sie den Zahn gezogen haben, hat er natürlich geblutet. Könnten die Blutspuren auf meinen Händen und dem Hemd daher rühren?«

»Ja, natürlich.«

Wieder warf der Angeklagte einen Blick auf den Richter, dessen formeller Habitus jetzt einem Ausdruck der Verwirrung gewichen war.

»Dies dürfte genügen«, stellte Chase höflich fest. »Man hat herausgefunden, daß der Mord gegen zwei Uhr passierte – ich habe drei Zeugen aufgeboten, darunter zwei Beamte, die bezeugen können, daß ich zur Tatzeit zweieinhalb Meilen vom Tatort entfernt war. Selbst mit einem Wagen hätte ich mindestens eine Viertelstunde gebraucht, wenn nicht mehr.«

In der nun einsetzenden Stille hätte man eine Nadel zu Boden fallen hören können. Der Richter dachte eine Weile über den Fall nach. Schließlich kam er zu folgendem Ergebnis:

»Ich denke, es handelt sich um die Frage, wie präzise die Uhren waren. Daß die Uhr im Avon-Haus genau geht, wird durch die Uhr im Telegraphenamt bestätigt. Ebenso scheint die Genauigkeit der Uhr in Dr. Sitgreaves Praxis durch die Übereinstimmung mit seiner Taschenuhr gewährleistet zu sein. Die Zeugen sind natürlich über jeden Zweifel erhaben, es ist also wirklich nur eine Frage der Präzision. Wenn sich herausstellen sollte, daß die Uhr in Dr. Sitgreaves Praxis richtig geht, müssen wir das Alibi von Mr. Chase akzeptieren.«

Der Angeklagte wandte sich an den Liftpagen des Avon-Hauses.

»Was für eine Uhr haben Sie im Avon-Haus?«

»Eine elektrische, sie richtet sich nach dem Washington Observatory.«

»Und die Uhr im Telegraphenamt, Mr. Mallory?«

»Ebenfalls eine elektrische, die sich nach dem Washington Observatory richtet.«

»Und Ihre, Dr. Sitgreaves?«

»Ich habe auch eine elektrische und sie richtet sich ebenfalls nach dem Washington Observatory.«

Der Angeklagte blieb bis sieben Uhr abends in Untersuchungshaft, während eine Reihe von Experten die genannten Uhren überprüften. Sie stimmten auf die Sekunde genau überein. Die Spezialisten erklärten, sie hätten keine Manipulationen feststellen können, die ansonsten mit Sicherheit von ihren empfindlichen Meßapparaten registriert worden wären. So kam es, daß man Franklin Chase wieder auf freien Fuß setzen mußte, während Detective Mallory sich in die heiligen Gemächer seines Büros zurückzog, wo er den Kopf in die Hände stützte und grübelte.

II

Hutchinson Hatch, Reporter von Beruf, hatte diesen verwickelten Fall von der Entdeckung des Mordes an De Forrest über die erste Vernehmung bis hin zur fachmännischen Überprüfung der Uhren verfolgt, die der Freilassung von Franklin Chase unmittelbar vorausgegangen war. Zu diesem Zeitpunkt war er genauso ratlos wie der Detective – hoffnungslos und blind tappte er in einem einzigen Labyrinth von Fragen umher.

Schließlich wußte er sich keinen anderen Rat mehr, als Professor Augustus S. F. X. van Dusen aufzusuchen, die Denkmaschine. Dieser bedeutende Gentleman hörte sich die bisher bekannten Fakten an, nickte mürrisch, ließ verdrießlich die Mundwinkel sinken und richtete seine ewig blinzelnden, wässrig blauen Augen an die Decke. Während der Reporter berichtete, zeichneten sich zuerst einzelne Runzeln auf der hohen Stirn des Logikers ab, die sich allmählich zu einem Netzwerk von Falten verdichteten.

Am Ende saß die Denkmaschine da, verschränkte die Finger ineinander und musterte Hatch nachdenklich.

»Das ist einer der bemerkenswertesten Fälle, der mir je zu Ohren gekommen ist«, sagte er schließlich, »denn er besitzt die ungewöhnliche Eigenschaft, in jeder Hinsicht perfekt zu erscheinen. Mit anderen Worten: die Beweise gegen Mr. Chase sind perfekt und sein Alibi ebenfalls. Wir können daraus folgern: wenn Mr. Chase Mr. De Forrest umgebracht hat, kann etwas mit den Uhren nicht stimmen, trotz des Urteils der Fachleute.

Das also wissen wir, ebenso wie die Tatsache, daß zwei mal zwei vier ist, nicht nur manchmal, sondern immer, denn unser Verstand sagt uns, daß Mr. Chase nicht an zwei verschiedenen Orten gleichzeitig gewesen sein kann. Daraus läßt sich wiederum folgendes schließen: entweder, daß mit den Uhren etwas nicht stimmte – und wenn das zutrifft, müssen wir davon ausgehen, daß Mr. Chase schuldig ist –, oder aber, daß Mr. Chase nichts mit Mr. De Forrests Tod zu tun hat, zumindest nicht persönlich.«

Bei diesen letzten Worten horchte Hatch plötzlich auf. Sie stießen ihn auf einen Gedankengang, den er bisher nicht beachtet hatte.

»Nun«, fuhr der Wissenschaftler fort, »wenn wir in Mr. Chases Geschichte einen Fehler entdecken, haben wir das Privileg, vorübergehend seine Verteidigung außer acht lassen zu können und den Fall neu aufzurollen. Wenn er andererseits jedoch die volle Wahrheit gesagt hat, und unsere Nachforschungen dies bestätigen, könnte ihm das nur nutzen. Erzählen Sie mir doch einmal, was Sie bisher unternommen haben.«

»Ich habe mit Dr. Sitgreaves gesprochen«, antwortete Hatch. »Er kannte Chase nicht – hatte ihn vorher noch nie gesehen. Dann zog er ihm den Zahn und erfuhr nicht mal seinen Namen. Aber er verriet mir doch ein wenig mehr, als er vor Gericht ausgesagt hatte, beispielsweise, daß seine Taschenuhr erst vor wenigen Tagen neu eingestellt worden war. Seitdem ging sie ganz genau und dies wußte er unter anderem auch deshalb, weil er einen Tag später eine wichtige Verabredung einhalten mußte. Wenn sie richtig ging, mußte auch die Wanduhr richtig gehen, denn sie stimmten fast auf die Sekunde überein.

Des weiteren habe ich mit allen anderen Personen gesprochen, die in irgendeiner Art und Weise in den Fall verwickelt sind. Ich habe ihnen alle möglichen Fragen gestellt, mit dem Ergebnis, daß ich gezwungen war, das Alibi anzuerkennen – nicht, daß ich es nicht wollte, aber es ist schon irgendwie merkwürdig, daß Mr. De Forrest im Augenblick seines Todes ausgerechnet diesen Namen niederschreiben sollte.«

»Haben Sie mit den jungen Männern gesprochen, die um zwei Uhr an die Tür zu Mr. Chases Zimmer klopften?« fragte die Denkmaschine beiläufig.

»Ja.«

»Haben Sie sie auch nach dem Zustand seines Bettes befragt?«

»Ja«, antwortete der Reporter. »Ich sehe schon, worauf Sie hinauswollen. Sie haben mir erzählt, daß das Bett zerwühlt war, als habe jemand darin geschlafen.«

Die Denkmaschine zog leicht die Augenbrauen hoch.

»Mr. Hatch, angenommen, Sie hätten heftige Zahnschmerzen«, fragte er nach einem Augenblick beiläufig, »und wollten sie loswerden, würden Sie dann auf die Idee kommen, sich die Nummer eines Polizisten zu merken, den Sie nach dem nächsten Zahnarzt gefragt hätten?«

Hatch dachte in aller Ruhe darüber nach, während er das unergründliche Gesicht des Wissenschaftlers betrachtete.

»Oh, ich verstehe«, sagte er schließlich. »Nein, wohl kaum, aber möglich ist es schon.«

Später durchsuchten die Denkmaschine und Hatch mit Erlaubnis von Detective Mallory noch einmal die Wohnung des ermordeten De Forrest, in der Hoffnung, auf irgendeine Art von Hinweis zu stoßen. Als die Denkmaschine anschließend die Treppe hinunterstieg, schien er verwirrt zu sein.

»Wo hängt Ihre Uhr?« fragte er den Liftpagen.

»Im Büro, gegenüber der Telephonzelle«, gab der ihm Auskunft.

Der Wissenschaftler betrat das Büro, zog sich einen Stuhl heran, kletterte hinauf und studierte angestrengt blinzelnd das Zifferblatt der Wanduhr. »Aha«, sagte er dann unverbindlich und stieg wieder herunter.

»Es würde wohl kaum jemand hier auffallen, ob einer den Gang entlang geht oder nicht«, sinnierte er. Dann griff er aus einer plötzlichen Eingebung heraus nach dem Telephonhörer. »Zuerst aber noch ein paar Worte mit Dr. Sitgreaves.«

Er stellte dem Zahnarzt nur zwei Fragen, deren Inhalt Hatch ein Lächeln entlockte. Die erste lautete: »Hat Ihr Schlafanzug Taschen?«

»Ja«, antwortete der Doktor verdutzt.

»Und wenn Sie nachts in die Praxis müssen, stecken Sie sich die Uhr in die Tasche?«

»Ja.«

»Vielen Dank, Dr. Sitgreaves. Auf Wiederhören!«

Dann wandte sich die Denkmaschine an Hatch.

»Ich glaube, wir können getrost davon ausgehen, daß Mr. De Forrest nicht von einem x-beliebigen Einbrecher ermordet wurde, sondern von einem Bekannten, denn seine Wertsachen sind nicht angetastet worden. Es wäre jedoch unfair, übereilt zu handeln, deshalb bitte ich Sie, drei oder vier Tage zu opfern und sich die Geschichte dieses Mannes genauer anzusehen. Besuchen Sie seine Freunde und Feinde, bringen Sie alles über ihn in Erfahrung: seine Lebensumstände, seinen Werdegang, seine Affären – alles.«

Hatch nickte; er war es gewöhnt, umfangreiche Aufgaben von der Denkmaschine zu erhalten.

»Wenn Sie nichts erfahren, was uns auf eine neue Spur führt, werde ich Ihnen den Namen des Mörders nennen und man wird ihn unverzüglich verhaften. Er wird uns nicht davonlaufen. Des Rätsels Lösung liegt auf der Hand, es sei denn ... es sei denn, wir erhalten neue Erkenntnisse.«

Mit dieser Erklärung mußte Hatch sich zufrieden geben, und so arbeitete er während der nächsten vier Tage fieberhaft, aber vergeblich an dem Fall. Als er die Denkmaschine anschließend wieder aufsuchte, faßte er seine Ergebnisse mit einem Wort zusammen:

»Nichts!«

Daraufhin verließ die Denkmaschine ohne ein Wort das Zimmer und kehrte erst nach zwei Stunden zurück. Dann begab er sich zum Telephon und rief Detective Mallory an. Innerhalb weniger Augenblicke war der Detective am Apparat.

»Schicken Sie sofort einen Ihrer Männer los und lassen Sie Mr. Chase festnehmen«, wies die Denkmaschine ihn an. »Sie können ihm mitteilen, daß es neue Beweise gegen ihn gibt – einen Augenzeugen, wenn Sie so wollen. Aber lassen Sie meinen Namen und Adresse aus dem Spiel. Schaffen Sie ihn nur hierher und ich zeige ihm die Lücke in seinem perfekten Alibi.«

Detective Mallory fing an, Fragen zu stellen.

»Die Sache ist ganz einfach«, unterbrach ihn die Denkmaschine ungeduldig. »Irgend jemand hat Mr. De Forrest ermordet, und da dies eine unumstößliche Tatsache ist, wird es doch wohl auch möglich sein, den Täter zu finden. Bitte unterbrechen Sie mich nicht, wenn Mr. Chase hier eintrifft, und stellen Sie mich als den neuen Augenzeugen vor.«

Etwa eine Stunde später traf Mr. Chase in Begleitung von Detective Mallory ein. Er war etwas bleich, wirkte fahrig und um seine Augen lagen tiefe Schatten der Besorgnis. All dies versuchte er, hinter dem Mantel demonstrativer Unbekümmertheit und Selbstbeherrschung zu verstecken. Die Herren wurden einander vorgestellt. Als die Rede auf einen »neuen, wichtigen Zeugen« kam, zuckte Chase merklich zusammen.

»Ein Augenzeuge«, setzte die Denkmaschine hinzu.

In Chases Gesicht spiegelte sich jetzt das blanke Entsetzen. Unter dem forschenden Blick der unbeirrbaren blauen Augen schien er sich förmlich zu winden. Daraufhin lehnte sich die Denkmaschine zurück und presste die langen weißen Fingerspitzen gegeneinander.

»Wenn Sie mir nur einen Augenblick lang Ihre Aufmerksamkeit schenken wollen, Mr. Chase?« bat er höflich. »Sie kennen Dr. Sitgreaves? Ja, natürlich. Nun, zufälligerweise liegt meine Wohnung gleich um die Ecke von seiner Praxis, weniger als einen Häuserblock davon entfernt. Dies hier ist die Wohnung von Mr. Hatch.« Es klang so überzeugend, daß der andere nicht den geringsten Verdacht schöpfte. »Nun, eines meiner Zimmer grenzt an eine Gasse, die unmittelbar hinter Dr. Sitgreaves Haus verläuft. An der Ecke steht eine elektrische Laterne.«

Chase fuhr zusammen und einen Moment lang sah es so aus, als wolle er etwas sagen, doch dann schluckte er es hinunter und schwieg.

»In der Nacht, als Mr. De Forrest ermordet wurde, befand ich mich in diesem Zimmer«, fuhr der Wissenschaftler fort. »Ich konnte nicht schlafen, denn zufälligerweise litt auch ich an heftigen Zahnschmerzen. Ich stand am Fenster und schaute hinaus.« Bislang war er extrem höflich gewesen, doch jetzt schlug er einen härteren Ton an. »Ich beobachtete, wie Sie, Mr. Chase, die Straße entlang kamen, an der Gasse halt machten, sich umschauten und sie dann betraten. Ich erkannte ganz deutlich Ihr Gesicht im Schein der Straßenlaterne und das war um zwanzig Minuten vor drei. Ich habe dem Detective gerade von diesem Umstand erzählt und ihm auch meine Bereitschaft bekundet, dies unter Eid zu wiederholen.«

Der Angeklagte war jetzt totenbleich. In seinem Gesicht spiegelten sich die unterschiedlichsten Reaktionen, aber er sagte kein Wort. Es kostete ihn offensichtlich Mühe, die Ruhe zu bewahren.

»Ich sah, wie Sie eine Tür aufstießen und den Garten von Dr. Sitgreaves Haus betraten«, fuhr die Denkmaschine fort. »Wenige Minuten später kamen Sie wieder heraus und begaben sich auf den Rückweg in Richtung Straßenkreuzung, wo ich Sie dann aus den Augen verlor. Natürlich machte ich mir so meine Gedanken. Und ich fragte mich noch immer, was das Ganze zu bedeuten hatte, als ich Sie gegen halb vier, möglicherweise auch etwas später, die Gasse noch einmal betreten, auf die gleiche Art im Garten verschwinden und wenig später wieder herauskommen sah.«

»Das … das … war ich nicht«, stammelte Chase. »Sie haben sich … Sie müssen sich irren.«

»Wenn wir nun mit Bestimmtheit wissen, daß sie im Haus waren«, fuhr die Denkmaschine unbeeindruckt fort, »ehe Sie es durch die Vordertür betraten, dann wissen wir auch, daß Sie Dr. Sitgreaves Wand- und Taschenuhr verstellt haben. Und wenn wir wissen, daß Sie sie verstellt haben, gibt es nur eine einzige Erklärung: Sie haben Mr. De Forrest ermordet, ganz so, wie er es uns noch kurz vor seinem Tod verraten hat. Ist das einleuchtend?«

Chase sprang auf und ging hastig im Zimmer auf und ab, während Detective Mallory unauffällig seinen Stuhl vor die Tür schob. Chase bemerkte es und wußte Bescheid.

»Ich weiß sogar, wie Sie die Uhr verstellten, ohne ihren Gang zu beeinträchtigen oder sie so zu manipulieren, daß die Meßinstrumente dies registriert hätten. Sie waren zu klug, um sie anzuhalten oder ihre Energiezufuhr zu unterbrechen. Sie nahmen ganz einfach die kleine Schraube ab, die die Zeiger festhält und stellten sie um eine Stunde zurück. In Wirklichkeit war es Viertel vor drei und Sie machten daraus Viertel vor zwei. Sie scheuten nicht einmal davor zurück, in das Schlafzimmer von Dr. Sitgreaves einzudringen. Dort fanden Sie seine Taschenuhr auf dem Nachttisch, verstellten auch diese, schlichen sich aus dem Haus, sprachen mit Wachtmeister Gillis, dessen Dienstnummer Sie sich einprägten, und klingelten schließlich an der Haustür. Nachdem Sie das

Haus durch die Vordertür verlassen hatten, warteten Sie eine Weile, bis die Bewohner wieder zu Bett gegangen waren, drangen auf die gleiche Weise wie zuvor durch den Garten ins Erdgeschoß ein und stellten die beiden Uhren wieder richtig. So war Ihr Alibi perfekt. Sie haben eine Menge riskiert und das war Ihnen von Anfang an klar, aber es blieb Ihnen auch nicht viel anderes übrig.«

Die Denkmaschine hielt inne und warf einen blinzelnden Blick in das bleiche Gesicht seines Gegenübers. Chase machte eine verzweifelte Gebärde, ließ sich auf einen Stuhl fallen und vergrub den Kopf in den Armen.

»Es war schlau inszeniert, Mr. Chase«, meinte der Wissenschaftler abschließend. »Es ist der einzige, mir bekannte Mordfall, bei dem der Täter keinen Fehler begangen hat. Wahrscheinlich haben Sie Mr. De Forrest im Streit getötet, sich dann aus dem Staub gemacht, während der Liftpage beschäftigt war, die Notwendigkeit erkannt, sich zu schützen und dieses Alibi eingefädelt – auf Kosten eines Backenzahns. Gefahr drohte nur, als Sie auf Wachtmeister Gillis trafen, Ihren Zeugen. Sie mußten nämlich das verzweifelte Risiko eingehen, daß er nicht mehr wußte oder sich nicht genau daran erinnern konnte, wann er mit Ihnen gesprochen hatte.«

Wieder herrschte absolute Stille im Raum. Schließlich schaute Chase verstört auf.

»Wie haben Sie das herausgefunden?«

»Unter den gegebenen Umständen blieb gar keine andere Möglichkeit«, antwortete der Wissenschaftler. »Es waren die einfachsten Regeln der Logik, die uns zu diesem Ergebnis führten.« Er richtete sich auf. »Übrigens: was war eigentlich das Motiv für den Mord?«

»Das wissen Sie nicht?« fragte Chase schnell.

»Nein.»

»Dann werden Sie es auch nie erfahren«, erklärte der andere grimmig.

Als Chase mit dem Detective das Haus verließ, blieb Hatch noch eine Weile bei dem Professor.

»Es ist wirklich erstaunlich«, sagte er. »Wie sind Sie denn nun wirklich dahinter gekommen?«

»Ich habe der Gegend einen kleinen Besuch abgestattet und mir überlegt, wie es hätte sein können. Ihre Nachforschungen hatten ergeben, daß sonst niemand in den Fall verwickelt war. Dann habe ich Mr. Chase einfach mit einem Trick überrumpelt und ihm weisgemacht, ich hätte beobachtet, was sich in der Gasse abgespielt hatte. Es war die einzige Möglichkeit, ihm ein Geständnis zu entlocken. Natürlich war sonst niemand daran beteiligt.«

Einer der seltsamen Punkte in der Gerichtsverhandlung um den Mord an Mr. De Forrest war die Tatsache, daß der Angeklagte aufgrund seines eigenen Geständnisses verurteilt wurde, ohne jedoch die geringste Andeutung über das Motiv verlauten zu lassen.

DIE VERHÄNGNISVOLLE CHIFFRE

Professor Augustus S. F. X. van Dusen, auch bekannt unter dem Namen »Denkmaschine«, las zum drittenmal den Brief, der vor ihm auf dem Tisch lag. Seine blauen Augen verengten sich zu Schlitzen, als er ihn durch seine dicken Brillengläser aufmerksam studierte. Währenddessen saß die junge Frau, die ihm das Schriftstück übergeben hatte, Miss Elizabeth Devan, geduldig auf dem Sofa seines Empfangszimmers und beobachtete ihn. Mit weit aufgerissenen Augen starrte sie wie gebannt auf diesen Mann, der bei der Lösung der unbegreiflichsten Fälle immer wieder eine gewichtige Rolle gespielt hatte.

Der Brief hatte folgenden Wortlaut:

An alle, die es angeht:

Mich, der ich müde des Kampfes bin, vom Leben enttäuscht, vom Tod dahingerafft am bitteren Ende, sei es durch einen bösen Fluch, sei es, die Macht der finster entschloss'nen eig'nen Hand, mich magst du tadeln und meines Tuns Verwerflichkeit. Gedenke des verlorenen Sohnes vor Gott, dem Herrn, dem du mich in gläubigem Vertrauen anempfiehlst.

Der Sohn, meines Vermächtnisses Erbe allein, liest und versteht, wie ich ihn strafe. Mein Sohn, Gott vergebe dir. Ihn sollt ihr fragen, denn ich wage alles und gebe alles hin.

Nicht sollt ihr richten über mich. Wer sprechen will, muß wahren können ein Geheimnis. Mein Mund bleibt auf ewig verschlossen. Ein kühles Grab, ein finsteres Gewölbe und niemand ruht an meiner Seite, so wie's ein alter Brauch (7) in liebe- und vertrauensvoll verbundenen Familien. Ich segne euch mit dieser Bibel.

Lebt wohl, ich sterbe-

Pomeroy Stockton

»Unter welchen Umständen ist dieses Schreiben in Ihre Hände gelangt, Miss Devan?« fragte die Denkmaschine schließlich und blickte auf. »Bitte, erzählen Sie mir die vollständige Geschichte und lassen Sie möglichst nichts aus.«

Damit ließ sich der Wissenschaftler in seinen Sessel zurücksinken, lehnte den großen blonden Kopf bequem an das Kissen und preßte die langen, schmalen Fingerspitzen gegeneinander. Seine hübsche Besucherin würdigte er keines Blickes.Diese hatte ihn wegen eines Rates aufgesucht und er war bereit, ihn ihr zu geben, denn es ging wieder einmal um einen jener abstrakten Fälle, die ihn stets faszinierten. In seinem Fachgebiet, den Naturwissenschaften, rein materiellen Problemen also, hatte er sich weltweit Anerkennung verschafft. Die Konzentration, die die Lösung eines scheinbar unlösbaren Geheimnisses seinem Gehirn abverlangte, bedeutete für ihn vielleicht so etwas wie Entspannung.

Miss Devan hatte eine weiche, angenehme Stimme, die beim Sprechen ab und zu durch ein unkontrolliertes Schluchzen erstickt wurde. Ihr Gesicht war vom Weinen gerötet. Nervös rang sie ihre zierlichen, behandschuhten Hände.

»Mein Vater, oder besser gesagt, mein Adoptivvater, Pomeroy Stockton, war ein Erfinder«, begann sie stokkend. »Wir bewohnten ein großes, altes Haus in Dorchester. Seit ich mich zurückerinnern kann, haben wir dort gelebt. Als ich fünf oder sechs Jahre alt war, verlor ich meine Eltern und wurde daraufhin von Mr. Stockton adoptiert, der mich wie seine eigene Tochter aufzog. Sein Tod ist ein schwerer Verlust für mich.

Mr. Stockton war Witwer und hatte nur einen einzigen Sohn, John Stockton, der heute vierunddreißig Jahre alt ist. Er ist ein Mensch von untadeligem Charakter und war schon als Kind religiös veranlagt. Er ist Juniorchef in einem großen Handelsunternehmen, Dutton & Stockton, Lederwaren. Er muß ein wohlhabender Mann sein, denn er spendet große Summen für die Wohlfahrt und ist außerdem aktiver Leiter einer angesehenen Sonntagsschule.

Mein Adoptivvater Pomeroy Stockton, betete seinen Sohn förmlich an, obwohl es manchmal den Anschein hatte, als fürchtete er sich vor ihm. Die viele Arbeit hatte aus meinem Vater einen oft mißmutigen und gereizten alten Mann gemacht, doch für mich war er der gütigste Mensch auf der Welt. Die meiste Zeit arbeitete er in einer kleinen Werkstatt, die er sich in einem Nebenzimmer im Erdgeschoß des Hauses eingerichtet hatte. Er arbeitete stets hinter verschlossener Tür. Dahinter verbargen sich Schmelzöfen, Gußformen und viele andere Gerätschaften, deren Sinn mir unbekannt war.«

»Ich weiß, um was es sich handelte«, unterbrach sie die Denkmaschine. »Er arbeitete daran, das Geheimnis gehärteten Kupfers wiederzuentdecken – ein Geheimnis, das schon im alten Ägypten verlorenging. Ich kannte

Mr. Stockton vom Hörensagen, er hatte einen sehr guten Ruf. Aber bitte, fahren Sie fort.«

Miss Devan nahm ihren Bericht wieder auf. »Woran auch immer er gearbeitet haben mag, er bewachte es sehr sorgfältig. Er erlaubte niemals irgend jemandem, seine Werkstatt zu betreten. Ich habe selbst nur einmal von draußen einen kurzen Blick hineinwerfen können. Vor allem mit seinem Sohn, den er mehr als ein Dutzend Mal des Zimmers verweisen mußte, kam es deswegen des öfteren zum Streit.

So sah es also aus, bis Mr. Stockton vor sechs oder sieben Monaten schwer erkrankte. Damals versperrte er die Tür zu seiner Werkstatt und zog sich in seine Räume im zweiten Stock des Hauses zurück, wo er praktisch zwei Wochen in völliger Abgeschiedenheit verbrachte. Sein Schlafzimmer lag neben meinem eigenen und so kam es, daß ich während dieser Zeit zweimal Zeuge einer Auseinandersetzung zwischen ihm und seinem Sohn wurde. Nach zwei Wochen begab sich Mr. Stockton wieder an seine Arbeit in der Werkstatt und wenig später nahm sich sein Sohn, der bis dahin noch mit uns zusammen im Haus gewohnt hatte, eine eigene Wohnung in der Beacon Street.

Von dieser Zeit bis zum vergangenen Montag – heute ist Donnerstag – habe ich den Sohn nicht mehr im Haus gesehen. Am Montag arbeitete mein Vater wie gewöhnlich in der Werkstatt. Am selben Nachmittag hatte er mir erzählt, daß sein Werk kurz vor der Vollendung stehe und ihm ein Vermögen einbringen würde. Gegen fünf Uhr erschien der Sohn im Haus.Keiner weiß genau, wann er es wieder verlassen hat. Es steht nur fest, daß Vater nicht wie gewöhnlich gegen sechs Uhr dreißig zum Abendessen erschien. Ich nahm an, daß er noch in seine Arbeit vertieft war und das Essen ausfallen lassen wollte, so wie es zuweilen vorkam.« Die junge Frau hielt inne. Sie schien mit einer tiefen Trauer zu kämpfen, die sie nicht zu beherrschen vermochte.

»Und am nächsten Morgen?« drängte die Denkmaschine vorsichtig.

»Am nächsten Morgen fanden wir meinen Vater tot in der Werkstatt«, fuhr Miss Devan fort. »An seinem Körper fand man keinerlei Anzeichen, die auf die Art seines Todes hätten schließen lassen. Zuerst sah es so aus, als hätte er auf seinen Stuhl neben einem der Öfen gesessen, Gift genommen und wäre sofort tot gewesen. Ein kleines Fläschchen, das anscheinend Blausäure enthalten hatte, lag dicht neben ihm zersprungen auf dem Fußboden. Wir fanden ihn, nachdem wir mehrmals an die Tür geklopft und keine Antwort erhalten hatten. Auf meine Anweisung hin brach Montgomery, unser Butler, dann die Türe auf. Und da lag Vater.

Ich benachrichtigte John Stockton, seinen Sohn, der sofort kam. Der Brief, den Sie vor sich haben, wurde in der Tasche meines Vaters gefunden. Er war genau so, wie Sie ihn jetzt vor sich sehen. Mr. Stockton schien sehr aufgebracht und wollte den Brief zerstören. Doch ich überredete ihn, ihn mir zu geben, denn ich hatte plötzlich das ungute Gefühl, daß hier nicht alles mit rechten Dingen zuging. Mein Vater hatte mit mir so oft über die Zukunft gesprochen, über das, was er selber vorhatte und über seine Pläne für mich, daß ich es einfach nicht ... aber vielleicht ist ja auch alles so, wie es aussieht. Vielleicht ist der Brief tatsächlich nicht mehr, als er zu sein scheint. Ich hoffe es, oh ja, ich hoffe es. Und trotzdem bleibt ein ... «

»Wurde eine Autopsie angeordnet?« fragte die Denkmaschine.

»Nein. John Stockton schien von der Aussicht auf eine Untersuchung der Angelegenheit nicht gerade erbaut zu sein. Er gab mir zu verstehen, daß er Möglichkeiten habe, die Sache nicht der Polizei zu Ohren kommen zu lassen. Mein Vater wurde in aller Stille beigesetzt, nachdem ein gewisser Dr. Benton, ein ehemaliger Studienfreund John Stocktons, den Totenschein ausgestellt hatte. So kam es, daß jeglicher Verdacht auf Selbstmord oder ähnliches von vorneherein zerstreut wurde. Sowohl vor wie auch nach der Beisetzung verlangte John Stockton mir das Versprechen ab, den Brief entweder zu verstecken oder aber ganz zu vernichten. Um seinem Drängen ein Ende zu setzen, habe ich ihm schließlich gesagt, daß ich den Brief verbrannt hätte. Je mehr ich jedoch darüber nachdenke, umso mehr scheint sein Verhalten meinen ursprünglichen Verdacht zu erhärten, daß es sich nicht um Selbstmord handelte. Ich grübelte jede Nacht darüber, bis ich schließlich beschloß, zu Ihnen zu kommen, statt zur Polizei zu gehen. Ich habe das Gefühl, daß sich etwas Unheimliches dahinter verbirgt. Wenn Sie mir helfen wollen ...«

»Aber gewiß, gewiß«, fiel ihr die Denkmaschine ins Wort. »Doch zuerst sagen Sie mir: wo befand sich der Schlüssel zu seiner Werkstatt? In Pomeroys Tasche? In seinem Zimmer? Steckte er im Schloß?«

»Wirklich, das weiß ich nicht«, sagte Miss Devan. »Darauf habe ich gar nicht geachtet.«

»Hat Mr. Stockton ein Testament hinterlassen?«

»Ja, bei seinem Anwalt, einem gewissen Mr. Sloane.«

»Ist es schon verlesen worden? Wissen Sie, was darin steht?«

»Es soll in ein oder zwei Tagen verlesen werden. Dem Abschiedsbrief nach zu urteilen hat er alles seinem Sohn vermacht.«

Nachdenklich las die Denkmaschine den Brief zum viertenmal. Dann schaute er zu Miss Devan auf.

»Was halten Sie eigentlich von diesem Brief?« fragte er.

»So wie ich Mr. Stockton und die Umstände kenne«, erklärte die junge Frau, »würde ich annehmen, daß er das meint, was er sagt. Aus dem ersten Absatz könnte man meinen, daß man ihm irgend etwas genommen hat, vielleicht etwas gestohlen hat, was er erfunden hat. Absatz drei ist wahrscheinlich ein Vorwurf an gewisse Verwandte – einen Bruder und zwei entfernte Cousinen, die ihn immer für ein wenig verschroben gehalten und kein Hehl daraus gemacht haben. Über diesen Zweig der Familie weiß ich jedoch nicht viel. Der Rest spricht für sich, außer ...«

»Außer der Ziffer sieben«, unterbrach der Wissenschaftler. »Haben Sie eine Ahnung, was die zu bedeuten hat?«

Das Mädchen nahm den Brief und studierte ihn einen Moment lang.

»Nicht die geringste«, antwortete sie dann. »Sie scheint mit dem Inhalt des Briefes in keinerlei Beziehung zu stehen.«

»Halten Sie es für möglich, Miss Devan, daß dieser Brief unter Zwang geschrieben wurde?«

»Unbedingt«, antwortete diese schnell und ihr Gesicht flammte auf. »Genau das denke ich. Von Anfang an habe ich irgendein schreckliches, furchtbares Geheimnis dahinter vermutet.«

»Vielleicht hat Pomeroy Stockton diesen Brief aber

auch nie zu Gesicht bekommen«, sinnierte die Denkmaschine. »Es könnte ja auch eine Fälschung sein.«

»Eine Fälschung!« keuchte das Mädchen. »Dann hat John Stockton ...«

»Wie auch immer, Fälschung oder nicht«, fuhr die Denkmaschine leise fort, »das Schreiben ist ein bemerkenswertes Dokument. Könnte aus der Feder eines Dichters stammen: es beschreibt die Dinge auf eine so weitschweifige Weise. Irgendwie kommt der Verfasser nicht so richtig zur Sache, so wie ein praktisch denkender Mensch es doch zweifellos tun würde.«

Es folgte ein minutenlanges Schweigen. Die junge Frau beugte sich nach vorn und starrte dem Wissenschaftler in die unergründlichen Augen.

»Vielleicht«, sagte sie langsam, »vielleicht ist der Brief verschlüsselt?«

»Wahrscheinlich haben Sie recht«, antwortete die Denkmaschine munter. »Ja, wahrscheinlich ist er verschlüsselt und zwar auf eine sehr kluge Art.«

Vierundzwanzig Stunden später ließ die Denkmaschine den Reporter Hutchinson Hatch kommen und besprach die Angelegenheit mit ihm. Er hatte in Hatch schon immer einen diskreten, aber auch einfallsreichen Mann gefunden, der stets bereit war zu helfen, wenn es in seiner Macht stand.

Hatch las den Brief, den die Denkmaschine ihm als verschlüsselt beschrieben hatte und ließ sich die Umstände schildern, die Miss Devan erwähnt hatte.

»Meinen Sie denn auch, daß er verschlüsselt ist?« fragte der Reporter schließlich.

»Ja, der Brief ist chiffriert, kein Zweifel«, antwortete

die Denkmaschine. »Wenn das, was Miss Devan erzählt hat, stimmt, dann hat John Stockton die Sache vertuscht. Ich möchte, daß Sie sich einmal mit ihm unterhalten. Finden Sie alles über ihn heraus und stellen Sie auch fest, wie das Testament aussieht. Beispielsweise, ob er Alleinerbe ist.

Untersuchen Sie, warum es eine persönliche Feindschaft zwischen John Stockton und Miss Devan gibt und woran sich diese entzündete. Spielte vielleicht ein anderer Mann eine Rolle? Wenn ja, wer? Sobald Sie all dies erledigt haben, fahren Sie nach Dorchester und bringen Sie mir die Familienbibel, wenn Sie dort eine auftreiben können. Wahrscheinlich ist es ein ziemlich großes Buch. Wenn Sie keine finden, benachrichtigen Sie mich umgehend. Rufen Sie mich an. Miss Devan wird sie Ihnen geben, wenn sie eine hat, nehme ich an.«

Mit diesen Anweisungen verließ Hatch das Haus. Eine halbe Stunde später betrat er John Stocktons Büro in einem großen Geschäftshaus. Mr. Stockton hatte ein längliches, etwas eckiges Gesicht und wirkte schon in seinem Äußeren ziemlich gottesfürchtig. Doch umgab diesen Mann auch etwas Selbstgefälliges, das Hatch sofort abstieß. Es war ein Charakterzug, der vor allem in einer salbungsvollen Stimme und unnötigen Höflichkeitsbezeugungen Ausdruck fand.

Stocktons Gesicht verzog sich mißbilligend, als Hatch seine erste Frage stellte, die auf das Verhältnis zu seinem Vater, Pomeroy Stockton, anspielte.

»Ich hatte gehofft, diese Angelegenheit vor der Presse geheimhalten zu können«, sagte Stockton mit leiser, schmieriger Stimme. »Es kann dem Ansehen meines armen Vaters nur schaden. Ich möchte, daß sein Name mit den eindrucksvollen Errungenschaften verbunden bleibt, die er für den Fortschritt der Welt geleistet hat. Wenn es jedoch unbedingt notwendig sein sollte, werde ich natürlich alles, was ich weiß, aussagen und der Untersuchung, die ich, offen gesagt, vermeiden wollte, nicht im Wege stehen.«

»Wie groß ist das Vermögen Ihres Vaters?« fragte Hatch.

»Etwas mehr als eine Million«, lautete die Antwort. »Das meiste stammt aus der Erfindung der Eisenbahnwaggonkupplungen. Man setzt sie heute bei praktisch allen großen Eisenbahngesellschaften der Welt ein.«

»Und wie wird das Erbe aufgeteilt?«

»Ich kenne das Testament noch nicht, aber ich habe gehört, daß er mir alles vermacht hat. Miss Devan, die er stets als seine eigene Tochter betrachtet hat, soll das Haus bekommen und darüberhinaus eine jährliche Pension.«

»Sie bekämen also, sagen wir drei Viertel oder zwei Drittel des Vermögens?«

»Ja, in etwa. Ich denke, so um die achthunderttausend.«

»Wo befindet sich das Testament jetzt?«

»Beim Anwalt meines Vaters, nehme ich an, bei Mr. Sloane.«

»Wann soll es verlesen werden?«

»Ursprünglich sollte es heute verlesen werden, aber wie es scheint, ist irgend etwas dazwischen gekommen. Der Anwalt hat die Testamentsverkündung um einige Tage verschoben.«

»Was hat Sie eigentlich veranlaßt, Mr. Stockton, einen natürlichen Tod Ihres Vaters vorzutäuschen, obwohl er doch allem Anschein nach Selbstmord verübte und manche Leute sogar noch Schlimmeres dahinter vermuten?« fragte Hatch.

John Stockton zuckte zusammen und richtete sich dann in seinem Sessel auf. Offensichtlich war ihm der Schreck in die Glieder gefahren. Eben hatte er sich noch selbstgefällig die Hände gerieben, doch jetzt hielt er inne und musterte den Reporter mißtrauisch.

»Schlimmeres? Um Gottes willen, was?«

Hatch zuckte die Achseln, doch der Ausdruck in seinen Augen kam beinahe einer Anklage gleich.

»Hätte Ihr Vater denn Ihrer Meinung nach ein Motiv für einen Selbstmord gehabt?»

»Nicht, daß ich wüßte«, antwortete Stockton. »Aber selbst wenn es Selbstmord ohne offensichtliches Motiv war, hätte mein einziger Fehler darin bestanden, einen Freund zu überreden, einen falschen Totenschein auszustellen, um damit einer polizeilichen Untersuchung der Angelegenheit aus dem Weg zu gehen.«

»Das ist es ja gerade. Wieso haben Sie das getan?«

»Natürlich um den guten Ruf der Familie zu wahren. Aber was ist dieses andere, wovon Sie gesprochen haben? Wollen Sie etwa andeuten, daß irgend jemand behauptet, es könne sich noch um etwas anderes handeln als Selbstmord oder einen natürlichen Tod?«

Noch während er diese Frage stellte, nahm sein Gesicht einen etwas anderen Ausdruck an. Erwartungsvoll beugte er sich vor und starrte den Reporter an. Das scheinheilige Grinsen war mittlerweile ganz von seinen schmalen Lippen verschwunden.

»Miss Devan befindet sich im Besitz eines Briefes, den Ihr Vater hinterlassen hat und sagt ...«

»Elizabeth! Miss Devan!« rief John Stockton aus. Er sprang auf und strich ein paarmal unruhig im Zimmer auf und ab, bis er schließlich genau vor dem Reporter stehen blieb. »Sie gab mir ihr Ehrenwort, die Existenz dieses Briefes zu verschweigen!«

»Nun, dann hat sie sich nicht daran gehalten«, meinte Hatch. »Jetzt geht sie jedenfalls noch weiter und behauptet, daß der Tod Ihres Vaters nicht unbedingt das war, was er zu sein scheint, nämlich Selbstmord.«

»Sie muß übergeschnappt sein, Mann, völlig übergeschnappt!« rief Stockton zutiefst erregt. »Wer hätte einen Grund gehabt, meinen Vater zu töten? Welches Motiv steckt dahinter?«

Hatch zuckte grimmig mit den Mundwinkeln.

»Ist Miss Devan von Ihrem Vater eigentlich legal adoptiert worden?» fragte er beiläufig.

»Ja.«

»Kommt es Ihnen denn in diesem Fall nicht auch etwas seltsam vor, daß Ihr Vater Ihnen drei Viertel seines Vermögens hinterläßt, obgleich Sie schon vermögend sind, während Miss Devan, die nichts besitzt, nur einen ganz kleinen Teil zugesprochen bekommt – mal ganz abgesehen von den übrigen Verwandten?«

»Das dürfte wohl die Angelegenheit meines Vaters sein.«

Die beiden Männer schwiegen. Stockton lief immer noch im Zimmer auf und ab. Am Ende ließ er sich auf seinen Sessel am Schreibtisch fallen und blieb dort, den Blick auf den Reporter gerichtet, einen Augenblick sitzen.

»Ist das alles?« fragte er.

»Wenn es Ihnen nichts ausmacht, hätte ich gerne noch gewußt, warum es zwischen Miss Devan und Ihnen Streit gibt.«

»Es gibt keinen Streit zwischen Miss Devan und mir. Wir sind nur einfach noch nie besonders gut miteinander ausgekommen, das ist alles. Mein Vater und ich hatten ihretwegen gewisse Meinungsverschiedenheiten, auf die wir hier nicht näher einzugehen brauchen.«

«Trugen Sie vielleicht auch eine dieser Meinungsverschiedenheiten mit Ihrem Vater an dem Abend vor seinem Tod aus?«

»Wir sprachen über Elizabeth, glaube ich.«

»Wissen Sie noch, wann Sie an jenem Abend die Werkstatt verließen?«

»Gegen zehn.«

»Und Sie waren am Nachmittag gekommen und hatten die ganze Zeit mit Ihrem Vater in seiner Werkstatt verbracht?«

»Ja.«

»Ohne Abendessen?«

»Ohne Abendessen.«

»Wieso ließen Sie es ausfallen?«

»Mein Vater erklärte mir eine Erfindung, die er gemacht hatte und die ich auf den Markt bringen sollte.«

»Ich nehme an, Sie wären zu diesem Zeitpunkt nie auf den Gedanken gekommen, daß Ihr Vater Selbstmordabsichten haben könnte?«

»Niemals! Wir hatten große Pläne für die Zukunft.«

Wahrscheinlich lag es an seinem Vorurteil gegenüber dem Erscheinungsbild des Mannes, aber Hatch war mit dem Ergebnis dieses Interviews höchst unzufrieden. Er hatte das Gefühl, daß überhaupt nichts dabei herausgekommen war, obwohl Stockton doch, wie es schien, vollkommen ehrlich geantwortet hatte. Eine letzte Frage stand noch an.

»Erinnern Sie sich noch an die Familienbibel im Haus Ihres Vaters?«

»Ja, natürlich, ich habe sie oft gesehen«, antwortete Stockton.

»Ist sie noch da?«

»Soweit ich weiß, ja.«

Das war das Ende ihrer Unterhaltung. Hatch begab sich unverzüglich zu Stocktons Haus in Dorchester, um Miss Devan aufzusuchen. Eingedenk der Anweisungen van Dusens erkundigte er sich auch hier als erstes nach der Familienbibel.

»Vor kurzem war sie noch da«, sagte Miss Devan zögernd, «aber jetzt ist sie verschwunden.«

»Seit dem Tod Ihres Vaters?«

»Ja, seit dem Tag danach.«

»Haben Sie eine Ahnung, wer sie mitgenommen haben könnte?«

»Nein, es sei denn ... es sei denn ...«

»John Stockton! Aber warum hätte er sie an sich nehmen sollen?« platzte Hatch heraus.

Die junge Frau machte eine kleine, resignierte Handbewegung, so, als wollte sie sagen: Ich weiß es auch nicht.

»Er hat mir gerade noch erzählt, die Bibel wäre hier«, sagte Hatch empört.

Miss Devan kam einen Schritt auf den Reporter zu und legte ihre kleine weiße Hand auf seinen Arm. Als sie zu ihm aufschaute, standen Tränen in ihren Augen. Ihre Mundwinkel zitterten.

»John Stockton hat die Bibel«, sagte sie. »Einen Tag nach dem Tod meines Vaters hat er sie aus irgendeinem Grund an sich genommen. Ich weiß nicht, warum er das getan hat.«

»Und Sie sind sich ganz sicher, daß er sie hat?« vergewisserte Hatch sich noch einmal.

»Ich habe sie in seinem Zimmer gesehen. Dort hat er sie versteckt«, antwortete die junge Frau.

Sobald er im Haus des Wissenschaftlers in Beacon Hill angekommen war, teilte Hatch ihm die Ergebnisse seiner Nachforschungen mit. Die Denkmaschine hörte ihm, ohne den Fluß seiner Erzählung zu unterbrechen, zu, bis der Reporter an die Stelle kam, wo Miss Devan behauptet hatte, sie habe gesehen, daß sich die Bibel in John Stocktons Besitz befände.

»Wenn Miss Devan und Stockton sich nicht sonderlich gut verstehen, warum sollte sie ihn dann in seiner Wohnung aufsuchen?« fragte die Denkmaschine.

»Ist mir ein Rätsel«, antwortete Hatch. »Es sei denn, sie glaubt, er hätte etwas mit dem Tod ihres Vaters zu tun und versucht, auf eigene Faust Nachforschungen anzustellen. Was hat die Bibel denn überhaupt mit der ganzen Sache zu tun?«

»Sie könnte eine ganze Menge damit zu tun haben«, antwortete die Denkmaschine geheimnisvoll. »Doch jetzt müssen wir erst mal herausfinden, ob die junge Frau die Wahrheit gesagt hat und sich die Bibel tatsächlich in Stocktons Wohnung befindet. Nun, Mr. Hatch, das überlasse ich Ihnen. Ich muß diese Bibel unbedingt sehen. Wenn Sie sie mir herschaffen können, schön und gut. Sollte dies jedoch nicht gelingen, dann studieren Sie die Seite sieben auf das genaueste – suchen Sie vor allem nach irgendwelchen Anmerkungen oder Notizen im Text. Wenn Sie die Möglichkeit haben, wäre es sogar zu überlegen, ob Sie die Seite herausreißen und mir bringen sollten. Das wird keinen großen Schaden anrichten und man kann sie zu gegebener Zeit wieder zurückbringen.«

Während er zuhörte, bildeten sich kleine Runzeln des Erstaunens auf Hatchs Stirn. Was hatte Seite sieben der Familienbibel mit etwas zu tun, das ihm ganz nach einem Mord aussah? Zugegeben, in dem Brief, den Stockton hinterlassen hatte, war von einer Bibel die Rede, aber das hatte sowieso keinen Sinn ergeben. Doch dann fiel ihm plötzlich die Ziffer sieben in Klammern ein, die mit dem restlichen Text im Schreiben nichts zu tun zu haben schien. In diesem Moment wurde Hatchs versunkene Untersuchung des Falles jäh unterbrochen.

»Ich werde Ihren Bericht hier abwarten, Mr. Hatch. Wenn es so ist, wie ich glaube, werden wir beide noch heute abend auf eine kleine Erkundungsreise gehen. Doch bis dahin müssen Sie diese Bibel auftreiben und mir berichten, was Sie herausgefunden haben.«

Hatch hatte keine Mühe, Stocktons Wohnung auf der Beacon Street zu finden. Er verschaffte sich auf eine für ihn durchaus übliche Weise Zutritt zu ihr, doch als er sie wenig später wieder verließ, spiegelte sich Enttäuschung auf seinem Gesicht. Er eilte auf schnellstem Weg zu dem nahegelegenen Haus der Denkmaschine.

»Nun?« fragte der Wissenschaftler.

»Ich habe die Bibel gesehen.«

»Und Seite sieben?«

»War herausgerissen, verschwunden, einfach weg«, antwortete der Reporter.

»Aha«, rief der Wissenschaftler. »Das dachte ich mir. Heute nacht werden wir also auf die kleine Entdeckungsreise gehen müssen, von der ich gesprochen habe. Übrigens, ist Ihnen zufällig aufgefallen, ob John Stockton einen Füllfederhalter benutzt oder bei sich trägt?«

»Ich habe keinen gesehen«, antwortete Hatch.

»Nun, dann stellen Sie doch bitte fest, ob einer seiner Mitarbeiter je einen Füllfederhalter bei ihm gesehen hat. Wir treffen uns hier, um zehn Uhr heute abend.«

Damit war Hatch entlassen. Etwas später sprach er rein zufällig noch einmal bei Stockton vor. Dort vergewisserte er sich, daß Stockton keinen Füllfederhalter besaß. Dann kam er noch einmal auf die Sache mit der Bibel zu sprechen.

»Wenn ich mich richtig entsinne, Mr. Stockton, sagten Sie, daß Sie die Familienbibel kennen, sich aber nicht sicher seien, ob Sie sich noch immer in Ihrem Haus in Dorchester befindet.«

»Richtig«, bestätigte Stockton.

»Wie kann es dann sein«, folgerte Hatch, »daß besagte Bibel sich jetzt in Ihrer Wohnung befindet, sorgfältig in einem Karton unter dem Sofa versteckt?«

Mr. Stockton schien überrascht. Plötzlich stand er auf und kam mit geballten Fäusten auf den Reporter zu. In seinen Augen glitzerte so etwas wie Wut.

»Was wissen Sie darüber? Wovon sprechen Sie überhaupt?« rief er.

»Ich meine, Sie hätten mir gesagt, daß Sie nicht wüßten, wo sich das Buch befand und nun stellt sich heraus, daß Sie selber es versteckt haben. Wieso?«

»Haben Sie die Bibel in meiner Wohnung gesehen?« fragte Stockton.

»Das habe ich allerdings«, antwortete der Reporter kühl.

Daraufhin nahm das Gesicht Stocktons einen anderen, entschlosseneren Ausdruck an. Das Salbungsvolle verschwand, das scheinheilige Grinsen verflog. Er presste die schmalen Lippen zu einem geraden Strich zusammen und erklärte wütend: »Ich habe Ihnen nichts weiteres mitzuteilen.«

»Wollen Sie mir nicht verraten, warum Sie die Seite sieben herausgerissen haben?«

Stockton starrte ihn einen Moment lang stumpfsinnig an. Er wirkte wie betäubt. Alle Farbe war aus seinem Gesicht gewichen. Es war erschreckend bleich. Als er sprach, klang seine Stimme angespannt und gereizt.

»Seite sieben – fehlt?«

»Genau«, antwortete Hatch. »Wo ist sie?«

»Wie schon gesagt, ich habe Ihnen nichts weiteres mitzuteilen. Das wäre dann wohl alles.«

Ohne die geringste Ahnung zu haben, was es damit auf sich hatte oder welche Rolle es spielte, hatte Hatch auf den Busch geklopft und Stockton zu Äußerungen gebracht, die den Tatsachen völlig widersprachen. Wieso war er so schockiert gewesen, daß die Seite sieben fehlte? Wieso hatte er überhaupt die Bibel aus dem Haus in Dorchester weggeholt? Warum hatte er sie so sorgfältig versteckt? Und vor allem: wie kam es, daß Miss Devan gewußt hatte, wo sie steckte? Dies waren nur einige der Fragen, die dem Reporter durch den Kopf schossen. Er schien jedoch keinen Deut weiterzukommen. Wenn der Brief tatsächlich verschlüsselt war, wie sollten sie ihn dechiffrieren? Welche Bedeutung hatte die Bibel für diesen Fall?

Während Hatch noch versuchte, Antworten auf diese Fragen zu finden, winkte er einer Droschke und ließ sich wieder zum Haus in Dorchester fahren. Er war etwas überrascht, als er dort auf der Treppe dem Wissenschaftler begegnete, der ebenfalls darauf wartete, eingelassen zu werden. Offensichtlich sah dieser seine Gegenwart jedoch als völlig selbstverständlich an.

»Was haben Sie über den Füllfederhalter herausfinden können?« fragte er.

»Ich habe mich davon überzeugt, daß er keinen besessen hat, wenigstens nicht lange genug, um damit den Brief schreiben zu können. Ich schätze, daß Ihre Nachforschungen darauf abzielten.«

In diesem Moment wurden die beiden Herren eingelassen und nach einer Weile erschien Miss Devan. Sie hatte vollstes Verständnis für den Wunsch der Denkmaschine, einen kurzen Blick in die Werkstatt werfen zu dürfen, wo Mr. Stockton gefunden worden war.

»Ach ja, und wenn Sie dann noch eine Probe von Mr. Stocktons Handschrift für mich hätten ...«, sagte der Wissenschaftler.

»Es mag Sie verwundern«, entgegnete Miss Devan, »aber ich bezweifle, daß es ein Schriftstück gibt, das lang genug wäre, um es mit dem Brief vergleichen zu können. Natürlich hatte er eine gewisse Korrespondenz, aber meistens erledigte ich sie für ihn auf der Schreibmaschine. Hin und wieder schrieb er Artikel für wissenschaftliche Zeitschriften, aber auch die hat er mir meistens diktiert. Diese Gewohnheit hatte er seit Jahren.«

»Ist der Brief dann die einzige Probe seiner Handschrift?«

»Natürlich gibt es noch seine Unterschrift auf Schecks oder bestimmten Dokumenten. Ich könnte Ihnen einige davon heraussuchen. Ich glaube aber nicht, daß es geringste Zweifel daran gibt, daß es sich bei diesem Brief um seine Handschrift handelt.«

»Dann hat er wohl auch nie einen Füller benutzt, nehme ich an?«

»Nicht, daß ich wüßte.«

»Besitzen Sie einen?«

»Ja«, antwortete das Mädchen und nahm einen Füllfederhalter aus dem kleinen goldenen Etui, das sie an einem Halsband trug.

Der Wissenschaftler drückte die Spitze der Feder gegen seinen Daumennagel, bis ein winziges Tröpfchen blauer Tinte sichtbar wurde. Der Abschiedsbrief war mit schwarzer Tinte geschrieben worden. Damit war die Denkmaschine offensichtlich zufrieden.

»Und jetzt die Werkstatt«, schlug er vor.

Miss Devan führte sie durch einen geräumigen, langen Flur zum hinteren Teil des Hauses. Dort öffnete sie eine Tür, die Spuren von Gewaltanwendung zeigte und ließ sie eintreten. Auf Ersuchen der Denkmaschine erzählte sie dann die ganze Geschiche noch einmal – und zeigte ihm, wo Stockton gefunden worden war, wo das kaputte Fläschchen mit der Blausäure gelegen und wo Montgomery, der Butler, auf ihr Drängen hin die Tür aufgebrochen hatte.

»Ist eigentlich der Schlüssel jemals wieder aufgetaucht?«

»Nein, und ich kann mir überhaupt nicht erklären, wo er abgeblieben sein könnte.«

»Befindet sich das Zimmer im gleichen Zustand wie zu dem Zeitpunkt, als man die Leiche fand? Das heißt – ist hier irgend etwas entfernt worden?«

»Nichts«, erklärte das Mädchen.

»Haben die Diener vielleicht irgend etwas hinausgetragen? Hatten sie Zugang zu diesem Raum?«

»Nein, dem Personal war es streng verboten, die Werkstatt zu betreten. Die Leiche wurde abtransportiert und die Reste der Blausäure entfernt, das war alles.«

»Wissen Sie, ob es in diesem Raum Tinte und Füllfederhalter gibt?«

»Sie sind mir jedenfalls niemals aufgefallen.«

»Sie haben sie nicht zufälligerweise eigenhändig entfernt, nachdem man die Leiche entdeckt hatte?«

»Ich ... ich ... nein«, stammelte das Mädchen.

Hastig verließ sie den Raum und Hatch und die Denkmaschine stellten eine geschlagene Stunde lang die ganze Werkstatt auf den Kopf.

»Suchen Sie nach einem Füllfederhalter und Tinte«, wies die Denkmaschine den Reporter an.

Doch sie fanden nichts.

Sechs Stunden später, es war schon beinahe Mitternacht, tappten die Denkmaschine und Hutchinson Hatch im Schein einer kleinen elektrischen Lampe durch den düsteren Keller des Hauses in Dorchester. Die Lampe warf einen gebündelten, harten Lichtstrahl durch den moderigen Raum und streifte schließlich auch eine winzige Tür im festen Mauerwerk des Kellers.

Die Denkmaschine ließ einen leisen Ausruf vernehmen, dem das scharfe, unmißverständliche Klicken eines Revolvers irgendwo im Dunkel hinter ihnen folgte.

»Runter, schnell«, keuchte Hatch, stieß die Lampe mit einer instinktiven Bewegung zur Seite und knipste sie aus. Im gleichen Augenblick fiel ein Schuß und die Kugel schlug direkt über Hatchs Kopf in der Wand ein.

Der Widerhall des Schusses dröhnte ihm noch in den Ohren, als er plötzlich spürte, wie die Denkmaschine ihn am Arm packte. Dann hörte er die gereizte Stimme des Wissenschaftlers in der völligen Dunkelheit rufen:

»Nach rechts, nach rechts!«

Gleichzeitig zerrte ihn dieser jedoch in die entgegengesetzte Richtung, nach links. Wenige Augenblicke später fiel ein zweiter Schuß und Hatch erkannte am Aufblitzen des Revolvers, daß er etwa vier Meter weiter rechts von der Stelle zielte, wo sie gerade noch gestanden hatten. Offensichtlich hatte der andere auf die Stimme des Wissenschaftlers geachtet und war prompt irregeleitet worden.

Die Denkmaschine zog Hatch noch immer hinter sich her, bis die beiden Männer fast an der Kellertreppe angelangt waren. Dort erkannten sie im schwachen Lichtschein, der von oben herunterdrang, eine kräftige Gestalt angestrengt in die Richtung spähen, die ihnen genau gegenüber lag. Hatch fiel nur noch eins ein und genau das tat er auch: er hechtete vorwärts, landete auf dem Rücken des Mannes und brachte ihn damit zu Fall. Im Bruchteil einer Sekunde schnappte er nach dem Revolver und nahm ihn an sich.

»Das wär's«, rief er. »Ich habe ihn!«

Die Denkmaschine hob die elektrische Lampe auf, die ihm Hatch aus der Hand geschlagen hatte und leuchtete John Stockton ins Gesicht, der immer noch hilflos dalag und sich unter dem eisernen Griff des Reporters wand.

»Nun«, stöhnte Stockton, »sind Sie jetzt etwa unter die Einbrecher gegangen?«

»Gehen wir erst mal nach oben ans Licht«, schlug van Dusen vor.

Es waren wirklich eigenartige Umstände, unter denen John Stockton und der Wissenschaftler einander kennenlernten. Hatch machte die beiden Herren sachlich miteinander bekannt und gab Stockton auf ein unmerkliches Nicken des Wissenschaftlers hin seinen Revolver zurück. Stockton legte ihn auf den Tisch.

»Wieso haben Sie versucht, uns zu töten?« fragte die Denkmaschine.

»Ich habe Sie für Einbrecher gehalten«, lautete die Antwort. »Ich hörte Geräusche und wollte nachschauen, was hier unten los war.«

»Ich glaubte, Sie wohnen in der Beacon Street?« bemerkte der Wissenschaftler.

»Das ist richtig, aber ich hatte heute abend hier etwas zu erledigen, was nur mich etwas angeht. Ich hörte Geräusche und ging nachschauen; das ist alles. Was haben Sie überhaupt hier zu suchen?«

»Wie lange sind Sie schon hier?«

»Fünf Minuten, vielleicht auch zehn.«

»Besitzen Sie einen Schlüssel zu diesem Haus?«

»Natürlich besitze ich einen Schlüssel, seit Jahren schon. Was soll Ihre Fragerei eigentlich? Wie sind Sie ins Haus gekommen? Und mit welchem Recht?«

Die Denkmaschine ignorierte dies und stellte die nächste Frage: »Ist Miss Devan zu Hause?«

»Das weiß ich nicht. Ich nehme es aber an.«

»Sie haben sie natürlich nicht gesehen?«

»Natürlich nicht.«

»Sie kamen also heimlich her – ohne daß sie es wußte?«

Stockton zuckte die Achseln und gab keine Antwort. Die Denkmaschine stand auf, ging auf Stockton zu und blinzelte ihm unbewegt in die Augen. Als er jetzt sprach, waren seine Worte an Hatch gerichtet, doch sein Blick blieb weiter auf Stockton haften. »Wecken Sie das Personal auf, stellen Sie fest, wo sich die Räume von Miss Devan befinden und überzeugen Sie sich, daß ihr nichts zugestoßen ist«, befahl er. »Ich glaube nicht, daß dies besonders klug wäre«, unterbrach Stockton ihn hastig.

»Wieso?«

»Wenn ich Sie um einen persönlichen Gefallen bitten darf – erzählen Sie Miss Devan nichts von meinem Besuch, und auch nicht von Ihrem, wenn wir schon mal dabei sind.«

Ein gewisses Unbehagen, das aus dem Gesicht des Mannes sprach, eine gewisse Sorge, Miss Devan könnte von seinem Besuch erfahren, drängte Hatch erst recht zum Handeln. Er eilte aus dem Zimmer und kam zehn Minuten später in Begleitung von Miss Devan, die sich schnell etwas übergezogen hatte, ins Zimmer zurück. Das Personal drängte sich draußen auf dem Korridor und kam aus dem Staunen nicht mehr heraus. Doch hielt die verschlossene Tür seine Neugier in Schach.

Als Miss Devan das Zimmer betrat und Stockton sich von seinem Stuhl erhob, verging eine kleine dramatische Pause. Die Denkmaschine starrte von einem zum anderen. Er bemerkte sowohl das bleiche Gesicht der jungen Frau wie auch die Verlegenheit Stocktons.

»Was ist hier los?« fragte Miss Devan mit bebender Stimme. »Wieso sind Sie alle hier? Was ist passiert?«

»Mr. Stockton hat sich heute nacht hierher begeben«, begann die Denkmaschine ruhig, «um den Inhalt des verschlossenen Gewölbes im Keller zu entwenden. Er kam ohne Ihr Wissen und traf dann hier auf uns, die wir ihm zuvorgekommen waren. Mr. Hatch und meine Wenigkeit sind dabei, Nachforschungen in dem Fall anzustellen, den Sie uns übertragen haben. Auch wir kamen ohne Ihr Wissen, weil ich es für ratsam hielt. Mr. Stockton gab sich alle Mühe, Ihnen seinen nächtlichen Besuch zu verheimlichen. Haben Sie eine Erklärung dafür?«

Die junge Frau wandte sich wutentbrannt Stockton zu.

Ihre ganze Bewegung war eine einzige Anklage. Ihre kleine Hand zeigte vorwurfsvoll auf den Mann, in dessen Gesicht sich seltsame Gefühle spiegelten, obwohl er sie mit aller Macht zu unterdrücken versuchte.

»Mörder! Dieb!« zischte sie.

»Haben Sie eine Ahnung, was er hier wollte?« fragte die Denkmaschine.

»Er kam, um das Gewölbe auszuplündern, genau wie Sie sagten«, stieß das Mädchen heftig hervor. »Mein Vater wollte ihm das Geheimnis seiner letzten Erfindung nicht anvertrauen und deshalb hat ihn dieser Mensch umgebracht. Wie er ihn dazu bringen konnte, diesen Brief zu schreiben, ist mir ein Rätsel.«

»Elizabeth, um Himmels willen, was sagst du da?« stöhnte Stockton mit aschfahlem Gesicht.

»Er ist so habgierig, daß er sogar das ganze Vermögen meines Vaters für sich wollte«, fuhr Miss Devan leidenschaftlich fort. »Er konnte sich nicht einmal damit abfinden, daß ich auch einen kleinen Bruchteil davon erhalte.«

»Elizabeth, Elizabeth!« rief Stockton, während er sich vornüber beugte und das Gesicht in den Händen vergrub.

»Was wissen Sie von dem geheimnisvollen Gewölbe im Keller?« fragte der Wissenschaftler.

»Ich ... ich ... habe schon immer vermutet, daß es so etwas geben muß«, erklärte das Mädchen. »Eigentlich wußte ich es sogar, denn alles, was meinem Vater besonders wichtig war, versteckte er irgendwo im Haus und dafür kam eigentlich nur der Keller in Betracht.«

Es folgte eine lange Pause. Das Mädchen stand reglos da, starrte auf die gebeugte Gestalt Stocktons hinunter und zeigte nicht den geringsten Schimmer von Mitleid. Hatch entging dies nicht, und zum erstenmal hatte er den Eindruck, daß sie eine ziemlich rachsüchtige Person war. Mehr als je zuvor war er davon überzeugt, daß es irgendwann zwischen den beiden zu einem Streit gekommen sein mußte. Schließlich brach die Denkmaschine als erster das Schweigen.

»Wußten Sie eigentlich, Miss Devan, daß in der Bibel, die Sie in Mr. Stocktons Zimmer entdeckten, die Seite sieben fehlt?«

»Nein, das habe ich nicht bemerkt.«

Bei diesen Worten hob Stockton plötzlich den Kopf und lauschte aufmerksam und mit bleichem Gesicht.

»Haben Sie in der Bibel jemals eine Seite sieben gesehen?« fragte der Wissenschaftler weiter.

»Ich denke ja, ich kann mich nicht erinnern.«

»Was hattest du in meiner Wohnung zu suchen?« fragte Stockton die junge Frau.

»Wieso haben Sie die Seite sieben herausgerissen?« wollte die Denkmaschine wissen.

Stockton glaubte, die Frage gälte ihm und wollte gerade antworten, als er merkte, daß sie in Wirklichkeit an Miss Devan gerichtet war. Er wandte sich ihr zu.

»Ich habe sie nicht herausgerissen«, rief Miss Devan. »Ich habe sie nie gesehen. Ich weiß nicht mal, wovon Sie sprechen.«

Die Denkmaschine winkte ungeduldig ab und richtete seine nächste Frage an Stockton.

»Haben Sie vielleicht eine Probe von der Handschrift Ihres Vaters?«

»Ja natürlich, mehrere sogar«, antwortete Stockton. »Hier sind ein paar Briefe von ihm.«

Miss Devan zuckte zusammen, als sei sie erschreckt. Stockton zog die Briefe aus der Tasche und händigte sie der Denkmaschine aus. Letzterer warf einen flüchtigen Blick auf die beiden obersten.

»Hatten Sie uns nicht gesagt, Miss Devan, daß Ihr Vater Ihnen seine gesamte Korrespondenz diktierte?«

»Ja, das sagte ich«, antwortete das Mädchen. »Ich hatte keine Ahnung von der Existenz dieser Briefe.«

»Darf ich die hier behalten?« fragte die Denkmaschine.

»Ja natürlich, sie sind nicht wichtig.«

»Nun, dann wollen wir uns jetzt einmal dem geheimnisvollen Gewölbe zuwenden«, fuhr der Wissenschaftler fort.

Er stand auf und ging allen voran in den Keller, wobei er sich im Schein der elektrischen Lampe vorantastete. Stockton folgte dicht dahinter, dann kam Miss Devan, deren weißer Morgenmantel in dem schwankenden Licht fast mystisch wirkte und als letzter Hatch. Die Denkmaschine schritt geradewegs auf die Stelle zu, an der Hatch und er gestanden hatten, als Stockton auf sie geschossen hatte. Wieder streifte der Lichtstrahl über die winzige Tür, die in die Mauer des Kellers eingelassen war. Die Tür ließ sich öffnen, doch der kleine Raum war leer.

Während die Denkmaschine angestrengt ins Dunkel starrte, vergaß er einen Moment lang, was um ihn herum geschah. Plötzlich fiel wieder ein Schuß, auf den der gellende Schrei einer Frau folgte.

»Mein Gott, er hat sich umgebracht! Er hat sich umgebracht!«

Es war die Stimme von Miss Devan.

Als die Denkmaschine sich umwandte und mit der Lampe hinter sich leuchtete, sah er, wie Miss Devan und Hatch sich über den reglosen Körper von John Stockton beugten. Das Gesicht des Mannes war kreidebleich, nur eine winzige, rote Blutspur zog sich über die Schläfe. Mit der rechten Hand umklammerte er noch immer den Revolver.

»Meine Güte! Meine Güte!« rief der Wissenschaftler. »Was ist passiert?«

»Stockton hat sich erschossen«, antwortete Hatch mit erregter Stimme.

Der Wissenschaftler kniete sich neben den verwundeten Mann und untersuchte ihn hastig, bis er plötzlich, vielleicht unabsichtlich, den Strahl der Lampe auf das Mädchen lenkte.

»Wo waren Sie, als das passierte?« fragte er schnell.

»Genau hinter ihm«, antwortete Miss Devan. »Wird er sterben? Ist die Wunde schlimm?«

»Hoffnungslos«, antwortete der Wissenschaftler. »Tragen wir ihn nach oben.«

Sie hoben den bewußtlosen Mann auf und trugen ihn – Hatch diesmal voran – in das Zimmer, das sie erst vor wenigen Minuten verlassen hatten. Hatch stand ratlos daneben, während die Denkmaschine, in seiner Eigenschaft als Arzt, die Wunde untersuchte. Der Einschuß auf der rechten Schläfe blutete kaum und ringsum erkannte er die unmißverständlichen Brandzeichen des Schießpulvers.

»Helfen Sie mir kurz, Miss Devan«, bat die Denkmaschine, während er dem Verletzten provisorisch ein Taschentuch um den Kopf band. Miss Devan knotete den Verband zu und der Wissenschaftler beobachtete sorgfältig ihre Hände. Als sie fertig war, fragte er sie in sachlich-kühlem Ton:

»Warum haben Sie ihn erschossen?«

»Ich ... ich ... ich habe ihn nicht erschossen«, stotterte das Mädchen. »Er hat sich selbst erschossen.«

»Wie kommen dann die Pulverspuren auf ihre Hände?«

Miss Devan starrte herunter auf ihre rechte Hand. Die Farbe in ihrem Gesicht verblich wie durch einen Zauber. Ihr ganzes Verhalten drückte nur noch Angst aus.

»Ich ... ich ... weiß nicht«, stammelte sie. »Sie meinen doch nicht, daß ich ...«

»Mr. Hatch, rufen Sie sofort einen Krankenwagen an. Und schauen Sie, ob Sie Inspektor Mallory hierherbekommen können. Ich muß Miss Devan festnehmen lassen. Sie steht unter dem dringenden Verdacht, Mr. Stockton erschossen zu haben.«

Das Mädchen starrte ihn einen Augenblick benommen an und sank dann auf einen Sessel. Ihr Gesicht war totenbleich und die Augen geweitet vor Angst. Hatch ging hinaus, um zu telephonieren, während Miss Devan weiterhin still da saß, als wäre sie erstarrt.

Schließlich gab sie sich einen Ruck, wandte sich zur Denkmaschine und rief trotzig: »Ich habe ihn nicht erschossen! Ich war es nicht. Ich nicht! Er hat es selbst getan!«

Die langen, schmalen Finger der Denkmaschine schlossen sich um den Lauf des Revolvers und zogen ihn sacht aus der Umklammerung des Verletzten.

»Ah, ich hatte unrecht«, rief er plötzlich aus. »Anscheinend ist er doch nicht so schwer verletzt, wie ich dachte. Sehen Sie! Er kommt wieder zu sich!«

»Zu sich!« rief Miss Devan. «Er wird also nicht sterben?«

»Wieso?« gab die Denkmaschine scharf zurück.

»Es wäre so traurig, fast wie ein Eingeständnis seiner Schuld«, erklärte sie hastig. »Er wird also nicht sterben?«

Allmählich kehrte die Farbe in Stocktons bleiches Gesicht zurück. Die Denkmaschine, die mit der Hand auf seinem Puls über ihn gebeugt war, beobachtete, wie seine Augenlider zuckten und sich dann langsam öffneten. Fast gleichzeitig wurde auch der Herzschlag merklich kräftiger. Stockton starrte ihn einen Augenblick lang an, doch dann fielen ihm vor Erschöpfung die Augen wieder zu.

»Warum hat Miss Devan auf Sie geschossen?« fragte die Denkmaschine.

Stockton schwieg, doch seine Augen öffneten sich langsam wieder. Miss Devan stand in seiner Sichtweite und streckte flehentlich die Arme nach ihm aus.

»Warum hat sie auf Sie geschossen?« fragte die Denkmaschine wieder.

»Sie ... hat ... nicht ... geschossen«, brachte Stockton mühsam heraus. »Ich ... habe ... es ... selber ...«

Einen Moment lang runzelte der Wissenschaftler verwundert die Stirn, fing sich aber schnell wieder und fragte weiter:

»Mit Absicht?«

»Habe selber ...«

Damit fielen ihm die Augen wieder zu und Stockton glitt in eine tiefe Bewußtlosigkeit hinein. Die Denkmaschine schaute auf und entdeckte einen Ausdruck unendlicher Erleichterung auf Miss Devans Gesicht. Jetzt änderte der Wissenschaftler sein Verhalten und es war beinahe unterwürfig, wie er sich an sie wandte.

»Ich bitte um Verzeihung, Miss Devan«, erklärte er. «Ich muß mich geirrt haben.«

»Wird er sterben?«

»Nein, auch das war ein Irrtum. Er wird bald wieder gesund sein.«

Innerhalb von wenigen Minuten kam ein Krankenwagen angerattert und holte John Stockton ab. Hatch spürte beinahe so etwas wie Mitleid, als er Miss Devan, die einer Ohnmacht nahe schien, in ihr Zimmer hinaufhalf. Kurz zuvor hatte die Denkmaschine ihr ein leichtes Aufputschmittel verabreicht. Von Inspektor Mallory keine Spur.

Schließlich kehrten der Wissenschaftler und Hatch nach Boston zurück. An der U-Bahnstation Park Street trennten sich ihre Wege, nachdem die Denkmaschine dem Reporter noch schnell einige Anweisungen gegeben hatte. So verbrachte Hatch den folgenden Tag damit, diese zu befolgen. Als erstes begab er sich zu Dr. Benton, dem Arzt, der den Totenschein ausgestellt hatte, ehe Pomeroy Stockton beerdigt worden war. Dr. Benton war sichtlich nervös, als der Reporter auf den Grund seines Besuches zu sprechen kam. Doch dann äußerte er sich freimütig über die Angelegenheit.

»Ich kenne John Stockton, seit wir zusammen auf dem College waren«, begann er. »Ich halte ihn für einen der wenigen wirklich guten Menschen, die ich kenne. Und was dazu kommt: er ist einer der wenigen wirklich guten Menschen, die sich ihr Vermögen selbst erarbeitet haben. Es gibt nicht mal eine Spur von Falschheit an ihm.

Gleich nachdem sein Vater tot aufgefunden worden war, rief er mich an und ich fuhr sofort nach Dorchester hinaus. Er erklärte, für ihn sei es offensichtlich, daß sein Vater sich umgebracht habe. Natürlich befürchtete er einen Skandal und fragte mich, was wir tun könnten, um den guten Namen der Familie nicht in Verruf zu bringen. Ich sagte das, was mir als erstes einfiel, und schlug vor, den Totenschein so auszustellen, als sei Johns Vater an einer natürlichen Ursache gestorben – Herzversagen zum Beispiel. Dies tat ich natürlich nur aufgrund meiner Freundschaft zu ihm.

Als ich die Leiche untersuchte, fand ich eine Spur von Blausäure auf ihrer Zunge. Neben dem Sessel, auf dem sie gesessen hatte, lag eine zerbrochene Flasche mit Blausäure. Eine Autopsie erschien mir nicht notwendig. Rein ethisch gesehen habe ich natürlich einen schweren Fehler begangen, aber ich bin nach wie vor der Meinung, daß hier keinerlei Schaden angerichtet worden ist. Allerdings steht jetzt, nachdem Sie die Fakten kennen, meine gesamte Karriere auf dem Spiel.«

»Sie zweifeln nicht daran, daß es sich um Selbstmord handelte?«

»Nicht im geringsten! Schließlich gab es da auch noch einen Brief, der in seiner Tasche steckte. Ich habe ihn mit eigenen Augen gesehen und selbst, wenn ich noch Zweifel gehabt hätte, wären sie in dem Moment ausgeräumt worden. Ich glaube, Miss Devan nahm den Brief dann an sich. Wahrscheinlich hat sie ihn noch.«

»Was wissen Sie eigentlich über Miss Devan?«

»Nichts – außer, daß sie eine Adoptivtochter Pomeroy Stocktons ist, die aus irgendeinem Grund ihren eigenen Familiennamen behalten hat. Vor drei oder vier Jahren hatte sie eine Affäre, die John Stockton jedoch mißbilligte. Ich nehme an, das war der Grund dafür, daß sie sich von diesem Mann zurückzog. Tatsächlich ist John irgendwann einmal selber in Miss Devan verliebt gewesen, doch sie hat sich geweigert, ihn zu erhören. Seit dieser Zeit kam es zu gewissen Reibereien, aber ich weiß nicht viel darüber, abgesehen von dem, was er mir selber erzählt hat.«

Im Laufe des Tages führte Hatch dann auch die übrigen Anweisungen der Denkmaschine aus. Als nächstes stattete er dem Anwalt der Familie einen Besuch ab, in dessen Besitz sich Pomeroy Stocktons Testament befinden sollte, um ihn nach dem Grund für die Verschiebung der Testamentsverkündigung zu fragen.

Hatch fand den Anwalt, einen gewissen Fredcrick Sloane, ohne Schwierigkeiten. Rückhaltlos breitete Hatch alle Umstände, soweit sie ihm bekannt waren, vor Mr. Sloane aus und stellte dann die entscheidende Frage, warum das Testament bisher noch nicht verlesen worden war. Auch Sloane nahm kein Blatt vor den Mund.

»Das Testament befindet sich zur Zeit nicht in meinem Besitz«, erklärte er. »Es ist entweder verlegt, verloren oder womöglich sogar entwendet worden. Ich wollte vermeiden, daß die Familie es gerade jetzt erfährt und verschob daher die Testamentsverkündigung, um es suchen zu können. Bisher habe ich noch keine Spur gefunden. Ich muß allerdings gestehen, daß ich auch nicht die leiseste Ahnung habe, wo ich suchen soll.«

»Kennen Sie den Wortlaut des Testaments?« fragte Hatch.

»Ja, Stockton hinterließ den größten Teil seines Vermögens seinem Sohn und setzte Miss Devan neben dem Dorchester-Haus eine jährliche Pension von fünftausend Dollar aus. Er beschnitt damit insbesondere einige Verwandte, die Pomeroy einmal beschuldigt hatte, ihm eine seiner Erfindungen gestohlen zu haben. Der Brief, den man nach seinem Tod in seiner Tasche fand ...«

»Ah, Sie wissen auch von diesem Brief?« unterbrach der Reporter.

»Oh ja, natürlich... also dieser Brief bestätigt das

Testament im großen und ganzen, abgesehen davon, daß es auch Miss Devans Anteil erheblich herabsetzt.«

»Wäre es für die anderen Verwandten Stocktons von Vorteil, in den Besitz des Vermächtnisses zu kommen und es beispielsweise zu vernichten?«

»Das könnte natürlich sein, aber zwischen diesen beiden Seiten der Familie war seit vielen Jahren jegliche Verbindung abgerissen. Dieser Zweig lebt irgendwo im Westen und ich habe mich insbesondere davon überzeugt, daß er nichts mit dem Verschwinden des Testaments zu tun hat.«

Mit diesen neuen Fakten in der Tasche machte Hatch sich auf, um der Denkmaschine Bericht zu erstatten. Nachdem er eine halbe Stunde auf ihn gewartet hatte, trat der Wissenschaftler endlich ins Empfangszimmer.

»Ich mußte eine Autopsie durchführen«, entschuldigte er sich.

»Eine Autopsie? Bei wem?«

»Bei Pomeroy Stockton.«

»Ja aber ... ich dachte, der wäre längst unter der Erde?«

»Nein, er liegt in einer Gruft. Ich mußte den ärztlichen Leichenbeschauer auf den Fall aufmerksam machen, um die Erlaubnis für eine Autopsie zu bekommen. Er hat mir dann geholfen.«

»Und was haben Sie herausgefunden?«

»Was haben Sie herausgefunden?« fragte die Denkmaschine zurück.

In aller Kürze erzählte Hatch ihm von seinen Gesprächen mit Dr. Benton und Mr. Sloane. Der Wissenschaftler hörte ohne Kommentar zu, lehnte sich dann in seinem großen Sessel zurück und blinzelte an die Decke.

»Damit scheint der Fall gelöst«, bemerkte er. »Rekapitulieren wir noch einmal die Fragen, die sich uns am Anfang stellten: Erstens – wie ist Pomeroy Stockton gestorben? Zweitens – wenn es wirklich kein Selbstmord war, wie es ja zunächst den Anschein hatte, welches Motiv ließe sich dann für etwas anderes finden? Drittens – wenn es ein Motiv gab, zu wem führte es? Viertens – was stand in dem verschlüsselten Brief? Nun Mr. Hatch, ich denke, mittlerweile kann ich all diese Fragen beantworten. Es gab tatsächlich eine Chiffre, wir könnten sie als Sechser-Chiffre bezeichnen, denn die Zahl sechs ist der Schlüssel zu ihr.«

Die Denkmaschine zog den Brief, den Miss Devan ihm überlassen hatte, aus der Tasche und breitete ihn auf dem Tisch aus. »Nun, Mr. Hatch«, fuhr er fort, «die erste Frage, die geklärt werden mußte, war natürlich die, ob der Brief in einem Geheimkode geschrieben war oder nicht.

Es ist Ihnen sicherlich bekannt, daß es Tausende von verschiedenen Geheimschriften gibt. Eine davon ist ganz exzellent in Poes Erzählung ›Der Goldkäfer‹ beschrieben. Darin wird jeder Buchstabe des Alphabets von einer Zahl oder einem Symbol repräsentiert.

Daneben gibt es die sogenannten Buch-Chiffren. Das sind vielleicht die sichersten, denn ohne den Schlüssel zu dem Buch, aus dem die einzelnen Worte stammen und anschließend durch Zahlen bezeichnet werden, kann niemand sie verstehen.

Es wäre überflüssig, die einzelnen Methoden in aller Ausführlichkeit erörtern zu wollen – gehen wir fürs erste nur davon aus, daß unser Brief zumindest die Möglichkeit eines Geheimkodes umfaßt. Eine sorgfältige Beschäftigung mit dem Text führte mich zu drei möglichen

Ansatzpunkten. Der erste ist der allgemeine Ton des Briefes. Es handelt sich nicht um eine direkte, unmittelbare Erklärung, wie sie ein Mann mit Selbstmordabsichten wahrscheinlich abgeben würde, es sei denn, er verfolgte ein bestimmtes Ziel – das heißt ein Ziel, das über die bloße, rein äußerliche Bedeutung des oberflächlichen Wortlauts hinausginge. Wir mußten also davon ausgehen, daß hinter dem eigentlichen Text eine weitere Bedeutungsebene verborgen lag.

Der zweite Ansatzpunkt ist der merkwürdige Satzaufbau. ›Nicht sollt ihr richten über mich‹. Das könnte ein besonderes Stilmerkmal sein, aber etwas weiter unten stoßen wir auf unseren dritten Ansatzpunkt.

Das ist die Ziffer Sieben in Klammern. Rein äußerlich steht sie in keinerlei Zusammenhang mit dem, was vor- oder nachher kommt. Andererseits kann sie aber auch kein Zufall sein. Was also spielt die Ziffer Sieben hier für eine Rolle? War sie vielleicht ein etwas ungeschickter Hinweis auf eine mögliche, in aller Eile konzipierte Chiffre?

Zuerst nahm ich an, daß die Sieben der Schlüssel zu dem ganzen Brief sei, vorausgesetzt, er war überhaupt chiffriert. Ich fing damit an, daß ich sieben Worte von der Zahl weiter zählte und stieß auf ›Ich‹. Sieben Worte weiter kam ich auf ›wohl‹. Das hätte vielleicht etwas zu bedeuten haben können.

Als nächstes zählte ich in umgekehrter Richtung von der Zahl Sieben aus. Das siebte Wort vor der Klammer ist ›meiner‹ und von da aus wiederum sieben Worte zurück stößt man auf ›eine‹. Das machte keinen Sinn. Ich verfolgte die Siebener-Theorie durch den ganzen Brief, erhielt aber nur ein Riesendurcheinander von Worten, die nichts miteinander zu tun hatten. Das gleiche war der Fall, als ich anfing, jeweils den siebten Buchstaben zu zählen und aneinanderzureihen. Offensichtlich ergaben sie keinen Sinn, es sei denn, jeder repräsentierte einen anderen, willkürlich festgesetzten Buchstaben. Dies stellte mich vor beträchtliche Probleme. Da ich aber daran glaube, stets die einfachen Methoden zuerst auszuloten, fing ich wieder ganz von vorne an.

Nun, was ist neben der Sieben das nächste Wort, das irgend etwas bedeutet, wenn man es mit ihr verbindet? Nicht ›Familien‹, nicht ›Bibel‹ und auch nicht ›sterbe‹, wie man annehmen könnte, sondern das Wort ›Seite‹. Dies ergab tatsächlich einen Sinn. Seite war das sechste Wort vor der Sieben.

Wie lautete das erste Wort im Text? ›Ich‹. Das nächste in der Sechser-Serie ist ›bin‹, dann ›dahingerafft‹ – lauter zusammenhängende Worte in einer gewissen logischen Reihenfolge, die durch jeweils fünf andere, dazwischenstehende, getrennt sind. Das sechste Wort nach der Sieben war ›Familien‹, dann kam ›Bibel‹. So kam ich auf Seite 7, Familienbibel.

Ich brauche Ihnen nicht alle Einzelheiten zu erzählen, mit denen ich den Geheimkode untersuchte. Ich arbeitete mich einfach von der Sieben aus rückwärts, nahm jedes sechste Wort und hatte schließlich alle Schlüsselwörter beisammen. Ich habe sie hier unterstrichen. Lesen Sie einmal nur die unterstrichenen Worte und Sie haben den Kode.«

Hatch nahm den Brief, der folgendermaßen markiert war:

An alle, die es angeht:

Ich, der ich müde des Kampfes bin, vom Leben ent-

täuscht, vom Tod dahingerafft, am bitteren Ende, sei es durch einen bösen Fluch, sei es, die Macht der finster entschloss'nen eig'nen Hand, mich magst du tadeln und meines Tuns Verwerflichkeit. Gedenke des verlorenen Sohnes vor Gott, dem Herrn, dem du mich im gläubigen Vertrauen anempfiehlst.

Der Sohn, meines Vermächtnisses Erbe allein, liest und versteht, wie ich ihn strafe. Mein Sohn, Gott vergebe dir. Ihn sollt ihr fragen, denn ich wage alles und gebe alles hin.

Nicht sollt ihr richten mich. Wer sprechen will, muß wahren können ein Geheimnis. Mein Mund bleibt auf ewig verschlossen. Ein kühles Grab, ein finsteres Gewölbe und niemand ruht an meiner Seite, so wie's ein alter Brauch (7) in liebe- und vertrauensvoll verbundenen Familien. Ich segne euch mit dieser Bibel.

Lebt wohl, ich sterbe –

Pomeroy Stockton

Langsam las Hatch folgendes: »›Ich bin dahingerafft durch die Hand meines Sohnes. Du der liest, strafe ihn. Wage nicht sprechen. Geheimnis verschlossenes Gewölbe. Seite 7 Familienbibel.‹ Teufel noch eins«, rief der Reporter aus. Dies war sowohl ein Tribut an die Denkmaschine, als auch ein Ausdruck der Überraschung.

»Sehen Sie«, erklärte die Denkmaschine. »Wenn der Satzaufbau den normalen Regeln der Grammatik gefolgt wäre, dann wäre die Ordnung der Chiffre verloren gegangen, deshalb war er Absicht.«

»Das ist genug, um Stockton auf den elektrischen Stuhl zu bringen«, meinte Hatch.

»Das wäre genug – wenn es sich nicht um eine Fälschung handeln würde«, gab der Wissenschaftler verdrießlich zurück.

»Eine Fälschung?« Hatch schnappte nach Luft. »Hat Pomeroy den Brief etwa nicht geschrieben?«

»Nein.«

»Aber John Stockton doch bestimmt auch nicht – wer war es also?«

»Miss Devan.«

»Miss Devan!« wiederholte Hatch überrascht. »Dann hat Miss Devan Pomeroy Stockton getötet?«

»Keineswegs. Er ist eines natürlichen Todes gestorben.«

In Hatchs Kopf überschlugen sich die Gedanken. Tausende von Fragen verlangten nach einer Antwort. Er saß nur noch da und starrte die Denkmaschine mit offenem Mund an. All seine eigenen Theorien zu diesem Fall stürzten ein wie ein Kartenhaus und nichts blieb davon übrig.

»Kurz und gut, die Sache verhielt sich folgendermaßen«, begann die Denkmaschine. »Pomeroy Stockton starb auf natürliche Weise – an Herzversagen. Miss Devan entdeckte ihn, verfasste diesen Brief, steckte ihn in seine Tasche, tupfte einen Tropfen Blausäure auf seine Zunge, zerbrach das Fläschchen mit der Säure, verließ den Raum, schloß die Tür ab und ließ sie dann am nächsten Morgen aufbrechen.

Sie war es, die auf John Stockton geschossen hat. Sie war diejenige, die die Seite sieben aus der Familienbibel gerissen und das Buch dann in John Stocktons Wohnung versteckt hat. Und sie war es auch, die sich auf irgendeine Art und Weise Zugang zu dem Testament Stocktons verschafft hat. Entweder befindet es sich noch in ihrem Besitz oder sie hat es schon vernichtet. Sie war es, die den plötzlichen Tod ihres Wohltäters ausnutzte, um einen derart unmenschlichen und grausamen Plan in die Tat umzusetzen. Nur eine Frau kann sich so etwas ausdenken. Es gibt nichts Schlimmeres auf Gottes Erde als eine durchtriebene Frau. Ich glaube, das hat schon einmal jemand gesagt.«

»Aber dieser Fall hier«, unterbrach Hatch, «wie? und warum?«

»Wenige Stunden, nachdem ich den Brief erhalten hatte, lag der Geheimkode offen vor mir«, erklärte die Denkmaschine. »Natürlich wollte ich nun herausfinden, wer oder was dieser Sohn eigentlich war.

Ich hatte zwar Miss Devans Version – die von einer Auseinandersetzung zwischen Vater und Sohn, dem Streit und so weiter –, aber eine gewisse unterschwellige Feindseligkeit war darin trotz ihrer Klugheit nicht zu übersehen. Sie hatte Realität und Schein so miteinander verwoben, daß es nicht ganz leicht war, die Wahrheit herauszufiltern. Deshalb glaubte ich zunächst nur das, was ich wollte.

Miss Devans Theorie, so wie sie sie mir gegenüber äußerte, bestand darin, daß der Brief unter Zwang geschrieben worden sein mußte. Doch Männer, die ermordet werden sollen, pflegen im allgemeinen nicht derart komplizierte Briefe zu verfassen, und Männer, die sich selbst das Leben nehmen wollen, haben offensichtlich keinen Grund dafür. Die Zeile ›Wage nicht sprechen‹ ist ziemlich albern. Pomeroy Stockton war kein Gefangener. Wenn er eine Verschwörung fürchtete, die ihm nach dem Leben trachtete – warum sollte er dann nicht gerade sprechen?

All dies ging mir immer wieder durch den Kopf und so

bat ich Sie, John Stockton aufzusuchen. Besonders interessierte mich das, was er in bezug auf die Familienbibel zu sagen hatte. Und doch kann ich sagen, daß ich zu diesem Zeitpunkt schon wußte, daß die Seite sieben herausgerissen war und sich in Miss Devans Besitz befand.

Ich darf vielleicht hinzufügen, daß ich darüberhinaus überzeugt war, daß das Gewölbe im Keller leer war. Was immer diese beiden Anspielungen zu bedeuten hatten, vorausgesetzt Miss Devan war die Verfasserin des Briefes, es mußte beseitigt worden sein, sonst hätte sie nicht darauf hingewiesen. Ich glaubte, daß sie die Verfasserin war, einfach, weil sie die erste gewesen war, die meine Aufmerksamkeit auf die Möglichkeit einer Geheimschrift gelenkt hatte.

Es war also so, daß die Chiffre eine von ihr stammende Fälschung war, um John Stockton direkt zu beschuldigen und daß sie sie mir selbst gebracht hatte – damit hatte ich einen erschöpfenden Beweis dafür, daß, falls Pomeroy Stockton tatsächlich ermordet worden war, sie ihre Hand im Spiel haben mußte. John Stocktons Beweggründe bei dem Versuch, den angeblichen Selbstmord zu vertuschen, waren völlig einleuchtend. Er wollte den guten Ruf der Familie bewahren. So etwas kommt häufiger vor, als man denkt.

Von dem Moment an, als Sie Stockton von der Möglichkeit eines Mordes erzählten, verdächtigte er Miss Devan. Warum? Vor allem, weil sie die Gelegenheit gehabt hätte, und auch, weil sie eine gewisse Animosität John Stockton gegenüber nicht verbergen konnte.

Der Grund dafür war, wie wir jetzt wissen, eine gescheiterte Liebesbeziehung zu einem anderen Mann. John Stockton hatte sie verhindert. Er liebte Miss Devan, doch sie hatte ihn abgewiesen. Später, als er sich in ihre Affäre einmischte, begann sie, ihn zu hassen.

Ihre Rache war schon fast diabolisch. Aber sie wollte sich nicht nur rächen – sie wollte auch an das Vermögen ihres Vaters heran. Sie hoffte, nein, sie wußte, daß ich die Chiffre entschlüsseln würde. Und sie nahm in Kauf, daß sie John Stockton damit auf den elektrischen Stuhl bringen würde.«

»Schrecklich«, murmelte Hatch. Ein Schauer lief ihm über den Rücken.

»Aus Angst, dieser Plan könne schiefgehen, versuchte sie, John Stockton zu töten, indem sie auf ihn schoß. Im Keller war es dunkel, aber sie vergaß, daß neunundneunzig von hundert Revolvern gewisse Pulverspuren an der Hand des Täters zurücklassen. Stockton behauptete, sie habe nicht auf ihn geschossen, weil einige Männer eine geradezu unbegreifliche Loyalität der Frau gegenüber an den Tag legen, die sie lieben oder einmal geliebt haben.

Stockton schlich sich in jener verhängnisvollen Nacht ins Haus, um etwas aus dem Gewölbe im Keller zu holen, ohne daß sie etwas davon merkte. Er wußte, daß etwas darin versteckt war. Die Sache auf Seite sieben der Familienbibel war höchstwahrscheinlich die Formel für den Härtungsprozeß von Kupfer, an dem Pomeroy Stockton arbeitete. Ich würde annehmen, daß sie mit unsichtbarer Tinte geschrieben war. John Stockton wußte von ihrer Existenz. Sein Vater hatte ihm selbst davon erzählt. Und wenn sein Vater es ihm erzählt hatte, mußte Miss Devan gehorcht haben. Daher wußte sie es auch.

Nun zu den tatsächlichen Umständen von Pomeroys Tod. Das Mädchen muß den Schlüssel zur Werkstatt ihres Vaters besessen und auch benutzt haben. Als John Stockton am Montagabend das Haus verließ, betrat sie den Raum und fand ihren Vater tot auf. Er war an Herzversagen gestorben, wie die Autopsie bewies.

Sofort entwickelte sie einen schlüssigen Plan. Sie fälschte den chiffrierten Brief – da sie Pomeroy Stocktons Sekretärin war, kannte sie seine Handschrift wahrscheinlich besser als irgendwer sonst – und versteckte ihn in seiner Tasche. Den Rest kennen Sie.«

»Aber was hat es mit der Bibel in Stocktons Wohnung auf sich?« fragte Hatch.

»Sie wurde von Miss Devan dorthin geschafft«, erklärte die Denkmaschine. »Dies war Teil des übergeordneten Plans, Stockton in eine hoffnungslose Situation zu versetzen. Sie ist eine kluge Frau. Dies zeigte sich, als sie mir den Füllfederhalter gab, den sie vorsichtigerweise mit blauer, statt schwarzer Tinte gefüllt hatte.«

»Was befand sich denn in dem Kellergewölbe?«

»Das können wir nur vermuten.Es ist nicht ausgeschlossen, daß der Erfinder nur einen Teil der Formel, die er so sorgsam bewachte, in die Bibel geschrieben und den anderen, möglicherweise zusammen mit anderen, wertvollen Dokumenten, im Keller deponiert hatte.

Ich darf hinzufügen, daß die Briefe, die John Stockton mir von seinem Vater gab, nicht gefälscht waren. Sie waren tatsächlich ohne Miss Devans Wissen verfasst worden. Es gibt einen beträchtlichen Unterschied zwischen der Handschrift in Stocktons Abschiedsbrief und der in dem an seinen Sohn gerichteten.

Es liegt natürlich auf der Hand, daß das verschwundene Testament in Miss Devans Besitz ist oder zumindest war. Wie sie daran gekommen ist, entzieht sich meiner Kenntnis. Nachdem sie dieses aus dem Weg geschafft und ich mittlerweile den Geheimkode entschlüsselt hatte, der die angebliche Schuld ihres Bruders bewies, wäre mindestens die Hälfte, wenn nicht das ganze Vermögen an sie gegangen.«

Hatch zündete sich nachdenklich eine Zigarette an und schwieg für einen Augenblick.

»Und wie wird die Sache jetzt ausgehen?« fragte er schließlich. »John Stockton wird doch durchkommen, nehme ich an?«

»Die Welt wird um eine große wissenschaftliche Entdeckung ärmer sein, so sieht es aus. Und zwar um das Geheimnis gehärteten Kupfers, das Pomeroy Stockton gelöst hatte. Ich bin ziemlich sicher, daß Miss Devan jede Spur davon verbrannt hat.«

»Und was wird aus ihr?«

»Sie kennt sich in solchen Dingen nicht aus. Ich denke, sie wird verschwinden, noch ehe Stockton wieder auf den Beinen ist. Wie ich ihn einschätze, würde er sie sowieso nicht belangen. Immerhin hat er sie einmal geliebt.«

Zwei Wochen später, als John Stockton sich wieder auf dem Weg der Besserung befand, kam eine Krankenschwester in sein Zimmer und überreichte ihm einen verschlossenen Umschlag. Er öffnete ihn und ein kleines Häufchen Asche rieselte durch seine Finger auf die Bettdecke. Er sank in seine Kissen zurück und weinte ...